U0140603

我的心是一面镜子

季羡林 著

湖南文艺出版社
HUNAN LITERATURE AND ART PUBLISHING HOUSE

图书在版编目（CIP）数据

我的心是一面镜子 / 季羡林著 . –– 长沙：湖南文
艺出版社，2024.1
ISBN 978-7-5726-1381-4

Ⅰ. ①我… Ⅱ. ①季… Ⅲ. ①散文集–中国–当代
Ⅳ. ①I267

中国国家版本馆 CIP 数据核字（2023）第 164542 号

我的心是一面镜子

WO DE XIN SHI YI MIAN JINGZI

作　　者：季羡林
出 版 人：陈新文
监　　制：谭菁菁
策划编辑：吕苗莉
责任编辑：谢朗宁　戴新宇
特约编辑：康舒悦
责任校对：胡伟英
封面设计：尚燕平

出　　版：湖南文艺出版社
　　　　　（长沙市雨花区东二环一段 508 号　邮编：410014）
网　　址：www.hnwy.net
印　　刷：长沙新湘诚印刷有限公司
经　　销：新华书店
开　　本：880 mm × 1230 mm　1/32
字　　数：167 千字
印　　张：7.5
版　　次：2024 年 1 月第 1 版
印　　次：2024 年 1 月第 1 次印刷
书　　号：ISBN 978-7-5726-1381-4
定　　价：59.80 元

目录

我的心是一面镜子

思乡之病，说不上是苦是乐，其中有追忆，有惆怅，有留恋，有惋惜。

流光如逝，时不再来。在微苦中实有甜美在。

《月是故乡明》

月是故乡明

　　每个人都有个故乡，人人的故乡都有个月亮。人人都爱自己故乡的月亮。事情大概就是这个样子。

　　但是，如果只有孤零零一个月亮，未免显得有点孤单。因此，在中国古代诗文中，月亮总有什么东西当陪衬，最多的是山和水，什么"山高月小""三潭印月"等等，不可胜数。

　　我的故乡是在山东西北部大平原上。我小的时候，从来没有见过山，也不知山为何物，我曾幻想，山大概是一个圆而粗的柱子吧，顶天立地，好不威风。以后到了济南，才见到山，恍然大悟：山原来是这个样子呀。因此，我在故乡里望月，从来不同山联系。像苏东坡说的"月出于东山之上，徘徊于斗牛之间"，完全是我无法想象的。

　　至于水，我的故乡小村却大大地有。几个大苇坑占了小村面积一多半。在我这个小孩子眼中，虽不能像洞庭湖"八月湖水平"那样有气派，但也颇有一点烟波浩渺之势。到了夏天，黄昏以后，我在坑边的场院里躺在地上，数天上的星星。有时候在古柳下面点起

　　　　　　　　　　我的心是一面镜子

篝火，然后上树一摇，成群的知了飞落下来。比白天用嚼烂的麦粒去粘要容易得多。我天天晚上乐此不疲，天天盼望黄昏早早来临。

到了更晚的时候，我走到坑边，抬头看到晴空一轮明月，清光四溢，与水里的那个月亮相映成趣。我当时虽然还不懂什么叫诗兴，但也顾而乐之，心中油然有什么东西在萌动。有时候在坑边玩很久，才回家睡觉。在梦中见到两个月亮叠在一起，清光更加晶莹澄澈。第二天一早起来，到坑边苇子丛里去捡鸭子下的蛋，白白地一闪光，手伸向水中，一摸就是一个蛋。此时更是乐不可支了。

我只在故乡呆了六年，以后就离乡背井，飘泊天涯。在济南住了十多年，在北京度过四年，又回到济南呆了一年。然后在欧洲住了近十一年，重又回到北京，到现在已经四十多年了。在这期间，我曾到过世界上将近三十个国家。我看过许许多多的月亮。在风光旖旎的瑞士莱芒湖上，在平沙无垠的非洲大沙漠中，在碧波万顷的大海中，在巍峨雄奇的高山上，我都看到过月亮，这些月亮应该说都是美妙绝伦的，我都异常喜欢。但是，看到它们，我立刻就想到我故乡中那个苇坑上面和水中的那个小月亮。对比之下，无论如何我也感到，这些广阔世界的大月亮，万万比不上我那心爱的小月亮。不管我离开我的故乡多少万里，我的心立刻就飞来了。我的小月亮，我永远忘不掉你！

我现在已经年近耄耋。住的朗润园是燕园胜地。夸大一点说，此地有茂林修竹，绿水环流，还有几座土山，点缀其间。风光无疑是绝妙的。前几年，我从庐山休养回来，一个同在庐山休养的老朋友来看我。他看到这样的风光，慨然说："你住在这样的好地方，还到庐山去干嘛呢!"可见朗润园给人印象之深。此地既然有山，有水，有树，有竹，有花，有鸟，每逢望夜，一轮当空，月光闪耀于碧波之上，上下空蒙，一碧数顷，而且荷香远溢，宿鸟幽鸣，真不能不说是赏月胜地。荷塘月色的奇景，就在我的窗外。不管是谁来到这里，难道还能不顾而乐之吗?

然而，每值这样的良辰美景，我想到的却仍然是故乡苇坑里的那个平凡的小月亮。见月思乡，已经成为我经常的经历。思乡之病，说不上是苦是乐，其中有追忆，有惆怅，有留恋，有惋惜。流光如逝，时不再来。在微苦中实有甜美在。

月是故乡明。我什么时候能够再看到我故乡里的月亮呀! 我怅望南天，心飞向故里。

1989 年 11 月 3 日

　　　　　我的心是一面镜子

我的心是一面镜子

　　我生也晚，没有能看 20 世纪的开始。但是，时至今日，再有七年，21 世纪就来临了。从我目前的身体和精神两个方面来看，我能看到两个世纪的交接，是丝毫也没有问题的。在这个意义上来讲，我也可以说是与 20 世纪共始终了，因此我有资格写"我与中国 20 世纪"。对时势的推移来说，每一个人的心都是一面镜子。我的心当然也不会例外。我自认为是一个颇为敏感的人，我这一面心镜，虽不敢说是纤毫必显，然确实并不迟钝。我相信，我的镜子照出了 20 世纪长达九十年的真实情况，是完全可以信赖的。

　　我生在 1911 年辛亥革命那一年。我出生两个月零四天以后，那一位"末代皇帝"，就从宝座上被请了下来。因此，我常常戏称自己是"满清遗少"。到了我能记事儿的时候，还有时候听乡民肃然起敬地谈北京的"朝廷"（农民口中的皇帝），仿佛他们仍然高踞宝座之上。我不理解什么是"朝廷"，他似乎是人，又似乎是神，反正是极有权威、极有力量的一种动物。

　　这就是我的心镜中照出的清代残影。

我的家乡山东清平县（现归临清市）是山东有名的贫困地区。

我们家是一个破落的农户。祖父母早亡，我从来没有见过他们。祖父之爱我是一点也没有尝到过的。他们留下了三个儿子，我父亲行大（在大排行中行七）。两个叔父，最小的一个无父无母，送了人，改姓刁。剩下的两个，上无怙恃，孤苦伶仃，寄人篱下，其困难情景是难以言说的。恐怕哪一天也没有吃饱过。饿得没有办法的时候，兄弟俩就到村南枣树林子里去，捡掉在地上的烂枣，聊以果腹。这一段历史我并不清楚，因为兄弟俩谁也没有对我讲过。大概是因为太可怕、太悲惨，他们不愿意再揭过去的伤疤，也不愿意让后一代留下惊心动魄的回忆。

但是，乡下无论如何是呆不下去了，呆下去只能成为饿殍。不知道怎么一来，兄弟俩商量好，到外面大城市里去闯荡一下，找一条活路。最近的大城市只有山东首府济南。兄弟俩到了那里，两个毛头小伙子，两个乡巴佬，到了人烟稠密的大城市里，举目无亲。他们碰到多少困难，遇到多少波折。这一段历史我也并不清楚，大概是出于同一个原因，他们谁也没有对我讲过。

后来，叔父在济南立定了脚跟，至多也只能像是石头缝里的一棵小草，艰难困苦地挣扎着。于是兄弟俩商量，弟弟留在济南挣钱，哥哥回家务农，希望有朝一日，混出点名堂来，即使不能衣锦还乡，也得让人另眼相看，为父母和自己争一口气。

但是，务农要有田地，这是一个最简单的常识。可我们家所缺的正是田地这玩意儿。大概我祖父留下了几亩地，父亲就靠这个来维持生活。至于他怎样侍弄这点儿地，又怎样成的家，这一段历史对我来说又是一个谜。

我就是在这时候来到人间的。

天无绝人之路。正在此时或稍微前一点，叔父在济南失了业，流落在关东。用身上仅存的一元钱买了湖北水灾奖券，结果中了头奖，据说得到了几千两银子。我们家一夜之间成了暴发户。父亲买了六十亩带水井的地。为了耀武扬威，要盖大房子。一时没有砖，他便昭告全村：谁愿意拆掉自己的房子，把砖卖给他，他肯出几十倍高的价钱。俗话说："重赏之下，必有勇夫。"别人的房子拆掉，我们的房子盖成。东、西、北房各五大间。大门朝南，极有气派。兄弟俩这一口气总算争到了。

然而好景不长，我父亲是乡村中朱家、郭解一流的人物，仗"义"施财，忘乎所以。有时候到外村去赶集，他一时兴起，全席棚里喝酒吃饭的人，他都请了客。据说，没过多久，六十亩上好的良田被卖掉，新盖的房子也把东房和北房拆掉，卖了砖瓦。这些砖瓦买进时似黄金，卖出时似粪土。

一场春梦终成空。我们家又成了破落户。

在我能记事儿的时候，我们家已经穷到了相当可观的程度。一年大概只能吃一两次"白的"（指白面），吃得最多的是红高粱饼子，棒子面饼子也成为珍品。我在春天和夏天，割了青草，或劈了高粱叶，背到二大爷家里，喂他的老黄牛。赖在那里不走，等着吃上一顿棒子面饼子，打一打牙祭。夏天和秋天，对门的宁大婶和宁大姑总带我到外村的田地里去拾麦子和豆子。把拾到的可怜兮兮的一把麦子或豆子交给母亲。不知道积攒多少次，才能勉强打出点麦粒，磨成面，吃上一顿"白的"。我当然觉得如吃龙肝凤髓。但是，我从来不记得母亲吃过一口。她只是坐在那里，瞅着我吃。眼里好像有点潮湿。我当时哪里能理解母亲的心情呀！但是，我也隐隐约约地立下一个决心：有朝一日，将来长大了，也让母亲吃点"白的"。可是，"树欲静而风不止，子欲养而亲不待"。还没有等到我有能力让母亲吃"白的"，母亲竟舍我而去，留下了我一个终生难补的心灵伤痕，抱恨终天！

我们家，我父亲一辈，大排行兄弟十一个。有六个因为家贫，下了关东。从此音讯杳然。留下的只有五个，一个送了人，我上面已经说过。这五个人中，只有大大爷有一个儿子，不幸早亡，我从来没有见过他。我生下以后，就成了唯一的一个男孩子。在封建社会里，这意味着什么，大家自然能理解。在济南的叔父只有一个女儿。于是兄弟俩一商量，要把我送到济南。当时母亲什么心情，我太年幼，完全不能理解。很多年以后，我才听人告诉我说，母亲曾说过："要知道一去不回头的话，我拼了命也不放那孩子走！"这一句不是我亲耳听到的话，却终生回荡在我耳边。"谁言寸草心，报得三春晖？"

我终于离开了家，当年我六岁。

一个人的一生难免稀奇古怪的。个人走的路有时候并不由自己来决定。假如我当年留在家里，走的路是一条贫农的路。生活可能很苦，但风险决不会大。我今天的路怎样呢？我广开了眼界，认识了世界，认识了人生，获得了虚名。我曾走过阳关大道，也曾走过独木小桥；坎坎坷坷，又颇顺顺当当，一直走到了耄耋之年。如果当年让我自己选择道路的话，我究竟要选哪一条呢？概难言矣！

离开故乡时，我的心镜中留下的是一幅一个贫困至极的、一时走了运、立刻又垮下来的农村家庭的残影。

到了济南以后，我眼前换了一个世界。不用说别的，单说见到济南的山，就让我又惊又喜。我原来以为山只不过是一个个巨大无比的石头柱子。

叔父当然非常关心我的教育，我是季家唯一的传宗接代的人。我上过大概一年的私塾，就进了新式的小学校，济南一师附小。一切都比较顺利。五四运动波及了山东。一师校长是新派人物，首先采用了白话文教科书。国文教科书中有一篇寓言，名叫《阿拉伯的骆驼》，故事讲的是得寸进尺，是国际上流行的。无巧不成书，这一篇课文偏偏让叔父看到了，他勃然变色，大声喊道："骆驼怎么能说话呀！这简直是胡闹！赶快转学！"于是我就转到了新育小学。当时转学好像是非常容易，似乎没有走什么后门就转了过来。只举行一次口试，教员写了一个"骡"字，我认识，我的比我大一岁的亲戚不认识。我直接插入高一，而他则派进初三。一字之差，我硬是沾了一年的光。这就叫做人生！最初课本还是文言，后来则也随时代潮流改了白话，不但骆驼能说话，连乌龟、蛤蟆都说起话来，叔父却置之不管了。

叔父是一个非常有天才的人。他并没有受过什么正规教育。在颠沛流离中，完全靠自学，获得了知识和本领。他能作诗，能填词，能写字，能刻图章。中国古书也读了不少。按照他的出身，他无论如何也不应该对宋明理学发生兴趣；然而他竟然发生了兴趣，而且还极为浓烈，非同一般。这件事我至今大惑不解。我每看到他正襟危坐，威仪俨然，在读《皇清经解》一类十分枯燥的书时，我都觉得滑稽可笑。

这当然影响了对我的教育。我这一根季家的独苗他大概想要我诗书传家。《红楼梦》《三国演义》《水浒传》等等，他都认为是"闲书"，绝对禁止看。大概出于一种逆反心理，我爱看的偏是这些书。中国旧小说，包括《金瓶梅》《西厢记》等等几十种，我都偷着看了个遍。放学后不回家，躲在砖瓦堆里看，在被窝里用手电照着看。这样大概过了有几年的时间。叔父的教育则是另外一回事。在正谊时，他出钱让我在下课后跟一个国文老师念古文，连《左传》等都念。回家后，吃过晚饭，立刻又到尚实英文学社去学英文，一直到深夜。这样天天连轴转，也有几年的时间。

叔父相信"中学为体"，这是可以肯定的。但是是否也相信"西学为用"呢？这一点我说不清楚。反正当时社会上都认为，学点洋玩意儿是能够升官发财的。这是一种实用主义的"崇洋"，"媚外"则不见得。叔父心目中"夷夏之辨"是很显然的。

大概是 1926 年，我在正谊中学毕了业，考入设在北园白鹤庄的山东大学附设高中文科去念书。这里的教员可谓极一时之选。国文教员王崑玉先生，英文教员尤桐先生、刘先生和杨先生，数学教员王先生，史地教员祁蕴璞先生，伦理学教员鞠思敏先生（正谊中学校长），论理学教员完颜祥卿先生（一中校长），还有教经书的"大清国"先生（因为诨名太响亮，真名忘记了），另一位是前清翰林。

两位先生教《书经》《易经》《诗经》，上课从不带课本，五经、四书连注都能背诵如流。这些教员全是佼佼者。再加上学校环境有如仙境，荷塘四布，垂柳蔽天，是念书再好不过的地方。

我有意识地认真用功，是从这里开始的。我是一个很容易受环境支配的人。在小学和初中时，成绩不能算坏，总在班上前几名，但从来没有考过甲等第一。我毫不在意，照样钓鱼、摸虾。到了高中，国文作文无意中受到了王崑玉先生的表扬，英文是全班第一。其他课程考个高分并不难，只需稍稍一背，就能应付裕如。结果我生平第一次考了一个甲等第一，平均分数超过九十五分，是全校唯一的一个学生。当时山大校长兼山东教育厅长、前清状元王寿彭，亲笔写了一副对联和一个扇面奖给我。这样被别人一指，我的虚荣心就被抬起来了。从此认真注意考试名次，再不掉以轻心。结果两年之内，四次期考，我考了四个甲等第一，威名大震。在这一段时间内，外界并不安宁。军阀混战，鸡犬不宁。直奉战争、直皖战争，时局瞬息万变，"你方唱罢我登场"。有一年山大祭孔，我们高中学生受命参加。我第一次见到当时的奉系山东土匪督军——不知道自己有多少兵、多少钱和多少姨太太的张宗昌，他穿着长袍、马褂，匍匐在地，行叩头大礼。此情此景，至今犹在眼前。

到了1928年，蒋介石假"革命"之名，打着孙中山先生的招牌，算是一股新力量，从广东北伐，有共产党的协助，以雷霆万钧之力，一路扫荡，宛如劲风卷残云，大军占领了济南。此时，日本军国主义分子想趁火打劫，出兵济南，酿成了有名的"五三惨案"。高中关了门。在这一段时间内，我的心镜中照出来的影子是封建又兼维新的教育再加上军阀混战。

日寇占领了济南，国民党军队撤走。学校都不能开学。我过了一年临时亡国奴生活。

此时日军当然是全济南至高无上的唯一的统治者。同一切非正义的统治者一样，他们色厉内荏，十分害怕中国老百姓，简直害怕到风声鹤唳、草木皆兵的程度。天天如临大敌，常常搞一些突然袭击，到居民家里去搜查。我们一听到日军到附近某地来搜查了，家里就像开了锅。有人主张关上大门，有人坚决反对。前者说：不关门，日本兵会说：“你怎么这样大胆呀！竟敢双门大开！”于是捅上一刀。后者则说：关门，日本兵会说：“你们一定有见不得人的勾当；不然的话，皇军驾到，你们应该开门恭迎嘛！”于是捅上一刀。结果是，一会儿开门，一会儿又关上，如坐针毡，又如热锅上的蚂蚁。此情此景，非亲身经历者，是决不能理解的。我还有一段个人经历。我无学可上，又深知日本人最恨中国学生，在山东焚烧日货的“罪魁祸首”就是学生。我于是剃光了脑袋，伪装是商店的小徒弟。有一天，走在东门大街上，迎面来了一群日军，检查过往行人。我知道，此时万不能逃跑，一定要镇定，否则刀枪无情。我貌似坦然地走上前去。一个日兵搜我的全身，发现我腰里扎的是一条皮带。他如获至宝，发出狞笑，说道：“你的，狡猾的大大地。你不是学徒，你是学生。学徒的，是不扎皮带的！”我当头挨了一棒，幸亏还没有昏过去，我向他解释：现在小徒弟们也发了财，有的能扎皮带了。他坚决不信。正在争论的时候，另外一个日军走了过来，大概是比那一个高一级的，听了那个日军的话，似乎有点不耐烦，一摆手："让他走吧！"我于是死里逃生，从阴阳界上又转了回来。我身上出了多少汗，只有我自己知道。

在这一年内，我心镜上照出的是临时或候补亡国奴的影像。

1929 年，日军撤走，国民党重进。我在求学的道路上，从此开辟了一个新天地。

此时，北园高中关了门，新成立了一所山东省立济南高中，是全省唯一的一所高级中学。我没有考试，就入了学。

校内换了一批国民党的官员，"党"气颇浓，令人生厌。但是总的精神面貌却是焕然一新。最明显不过的是国文课。"大清国"没有了，经书不念了，文言作文改成了白话。国文教员大多是当时颇为著名的新文学家。我的第一个国文教员是胡也频烈士。他很少讲正课，每一堂都是宣传"现代文艺"，亦名"普罗文学"，也就是无产阶级文学。一些青年，其中也有我，大为兴奋。公然在宿舍门外摆上桌子，号召大家参加"现代文艺研究会"。还准备出刊物，我为此写了一篇文章，叫做《现代文艺的使命》，里面生吞活剥抄了一些从日文译过来的所谓马克思主义文艺理论的文句。译文像天书，估计我也看不懂，但是充满了革命义愤和口号的文章，却堂而皇之地写成了。文章还没有来得及刊出，国民党通缉胡先生，他慌忙逃往上海，一二年后就被国民党杀害。我的革命梦像肥皂泡似的破灭了，从此再也没有"革命"，一直到了解放。

接胡先生的是董秋芳（冬芬）先生。他算是鲁迅的小友，北京大学毕业，翻译了一本《争自由的波浪》，有鲁迅写的序。不知道怎样一来，我写的作文得到了他的垂青，他发现了我的写作"天才"，认为是全班、全校之冠。我有点飘飘然，是很自然的。到现在，在六十年漫长的过程中，不管我搞什么样的研究工作，写散文的笔从来没有放下过。写得好坏，姑且不论。对我自己来说，文章能抒发我的感情，表露我的喜悦，缓解我的忿怒，激励我的志向。这样的好处已经不算少了。我永远怀念我这位尊敬的老师！

在这一年里，我的心镜照出来的仿佛是我的新生。

1930年夏天，我们高中一级的学生毕了业。几十个举子联合"进京赶考"。当时北京（北平）的大学五花八门，国立、私立、教会立，纷然杂陈。水平极端参差不齐，吸引力也就大不相同。其中最受尊重的，同今天完全一样，是北大与清华，两个"国立"大学。因此，全国所有的赶考的举子没有不报考这两所大学的。这两所大学就仿佛变成了龙门，门坎高得可怕。往往几十人中录取一个。被录取的金榜题名，鲤鱼变成了龙。我来投考的那一年，有一个山东老乡，已经报考了五次，次次名落孙山。这一年又同我们报考，也就是第六次，结果仍然榜上无名。他神经失常，一个人恍恍惚惚在西山一带漫游了七天，才清醒过来。他从此断了大学梦，回到了山东老家，后不知所终。

我当然也报了北大与清华。同别的高中同学不同的是，我只报这两个学校，仿佛极有信心——其实我当时并没有考虑这样多，几乎是本能地这样干了——别的同学则报很多大学，二流的、三流的、不入流的，有的人竟报到七八所之多。我一辈子考试的次数成百成千，从小学一直考到获得最高学位；但我考试的运气好，从来没有失败过。这一次又撞上了喜神，北大和清华我都被录取，一时成了人们羡慕的对象。

但是，北大和清华，对我来说，却成了鱼与熊掌。何去何从？一时成了挠头的问题。我左考虑，右考虑，总难以下这一步棋。当时"留学热"不亚于今天，我未能免俗。如果从留学这个角度来考虑，清华似乎有一日之长。至少当时人们都是这样看的。"吾从众"，终于决定了清华，入的是西洋文学系（后改名外国语文系）。

在旧中国，清华西洋文学系名震神州。主要原因是教授几乎全是外国人，讲课当然用外国话，中国教授也多用外语（实际上就是英语）授课。这一点就具有极大的吸引力。夷考其实，外国教授几乎全部不学无术，在他们本国恐怕连中学都教不上。因此，在本系所有的必修课中，没有哪一门课我感到满意。反而是我旁听和选修的两门课，令我终生难忘，终生受益。旁听的是陈寅恪先生的"佛经翻译文学"，选修的是朱光潜先生的"文艺心理学"，就是美学。在本系中国教授中，叶公超先生教我们大一英文。他英文大概是好的，但有时故意不修边幅，好像要学习竹林七贤，给我没有留下好印象。吴宓先生的两门课"中西诗之比较"和"英国浪漫诗人"，给我留下了深刻的印象。

此外，我还旁听了或偷听了很多外系的课。比如朱自清、俞平伯、谢婉莹（冰心）、郑振铎等先生的课，我都听过，时间长短不等。在这种旁听活动中，我有成功，也有失败。最失败的一次，是同许多男同学，被冰心先生婉言赶出了课堂。最成功的是旁听西谛先生的课。西谛先生豁达大度，待人以诚，没有教授架子，没有行帮意识。我们几个年轻大学生——吴组缃、林庚、李长之，还有我自己——由听课而同他有了个人来往。他同巴金、靳以主编大型的《文学季刊》是当时轰动文坛的大事。他也竟让我们名不见经传的无名小卒，充当季刊的编委或特约撰稿人，名字赫然印在杂志的封面上，对我们来说这实在是无上的光荣。结果我们同西谛先生成了忘年交，终生维持着友谊，一直到1958年他在飞机失事中遇难。到了今天，我们一想到郑先生还不禁悲从中来。

此时政局是非常紧张的。蒋介石在拼命"安内"，日军已薄古北口，在东北兴风作浪，更不在话下。"九一八"后，我也曾参加清华学生卧轨绝食，到南京去请愿，要求蒋介石出兵抗日。我们满腔热血，结果被满口谎言的蒋介石捉弄，铩羽而归。

美丽安静的清华园也并不安静。国共两方的学生斗争激烈。此时，胡乔木（原名胡鼎新）同志正在历史系学习，与我同班。他在进行革命活动，其实也并不怎么隐蔽。每天早晨，我们洗脸盆里塞上的传单，就出自他之手。这是一个公开的秘密，尽人皆知。他曾有一次在深夜坐在我的床上，劝说我参加他们的组织。我胆小怕事，没敢答应。只答应到他主办的工人子弟夜校去上课，算是聊助一臂之力，稍报知遇之恩。

学生中国共两派的斗争是激烈的，详情我不得而知。我算是中间偏左的逍遥派，不介入，也没有兴趣介入这种斗争。不过据我的观察，两派学生也有联合行动，比如到沙河、清河一带农村中去向农民宣传抗日。我参加过几次，记忆中好像也有倾向国民党的学生参加。原因大概是，尽管蒋介石不抗日，青年学生还是爱国的多。在中国知识分子中，爱国主义的传统是源远流长的，根深蒂固的。

这几年，我们家庭的经济情况颇为不妙。每年寒暑假回家，返校时筹集学费和膳费，就煞费苦心。清华是国立大学，花费不多。每学期收学费四十元；但这只是一种形式，毕业时学校把收的学费如数还给学生，供毕业旅行之用。不收宿费，膳费每月六块大洋，顿顿有肉。即使是这样，我也开支不起。我的家乡清平县，国立大学生恐怕只有我一个，视若"县宝"，每年津贴我五十元。另外，我还能写点文章，得点稿费，家里的负担就能够大大地减轻。我就这样在颇为拮据的情况中度过了四年，毕了业，戴上租来的学士帽照过一张像，结束了我的大学生活。

当时流行着一个词儿，叫"饭碗问题"，还流行着一句话，是"毕业即失业"。除了极少数高官显宦、富商大贾的子女以外，谁都会碰到这个性命交关的问题。我从三年级开始就为此伤脑筋。我面临着承担家庭主要经济负担的重任。但是，我吹拍乏术，奔走无门。夜深人静之时，自己脑袋里好像是开了锅。然而结果却是一筹莫展。

眼看快要到1934年的夏天，我就要离开学校了。真好像是大旱之年遇到甘霖，我的母校济南省立高中校长宋还吾先生，托人邀我到母校去担任国文教员。月薪大洋一百六十元，是大学助教的一倍。大概因为我发表过一些文章，我就被认为是文学家，而文学家都一定能教国文，这就是当时的逻辑。这一举真让我受宠若惊，但是我心里却打开了鼓：我是学西洋文学的，高中国文教员我当得了吗？何况我的前任是被学生"架"（当时学生术语，意思是"赶"）走的，足见学生不易对付。我去无疑是自找麻烦，自讨苦吃，无异于跳火坑。我左考虑，右考虑，终于举棋不定，不敢答复。然而，时间是不饶人的。暑假就在眼前，离校已成定局，最后我咬了咬牙，横下了一条心："你有勇气请，我就有勇气承担！"

于是在1934年秋天，我就成了高中的国文教员。校长待我是好的，同学生的关系也颇融洽。但是同行的国文教员对我却有挤对之意。全校三个年级，十二个班，四个国文教员，每人教三个班。这就来了问题：其他三位教员都比我年纪大得多，其中一个还是我的老师一辈，都是科班出身，教国文成了老油子，根本用不着备课。他们却每人教一个年级的三个班，备课只有一个头。我教三个年级剩下的那个班，备课有三个头，其困难与心里的别扭是显而易见的。所以在这一年里，收入虽然很好（一百六十元的购买力约与今天的三千二百元相当），心情却是郁闷。眼前的留学杳无踪影，手中的饭碗飘忽欲飞。此种心情，实不足为外人道也。但是，幸运之神（如果有的话）对我是垂青的。正在走投无路之际，母校清华大学同德国学术交换处签订了互派留学生的合同，我喜极欲狂，立即写信报了名，结果被录取。这比考上大学金榜题名的心情，又自不同，别是一番滋味在心头。积年愁云，一扫而空，一生幸福，一锤定音。仿佛金饭碗已经捏在手中。自己身上一镀金，则左右逢源，所向无前。我现在看一切东西，都发出玫瑰色的光泽了。

然而，人是不能脱离现实的。我当时的现实是：亲老，家贫，子幼。我又走到了我一生最大的一个歧路口上。何去何从？难以决定。这个歧路口，对我来说，意义真正是无比地大。不向前走，则命定一辈子当中学教员，饭碗还不一定经常能拿在手中，向前走，则会是另一番境界。"马前桃花马后雪，教人怎敢再回头？"

经过了痛苦的思想矛盾，经过了细致的家庭协商，决定了向前迈步。好在原定期限只有两年，咬一咬牙就过来了。

我于是在1935年夏天离家，到北平和天津办理好出国手续，乘西伯利亚火车，经苏联，到了柏林。我自己的心情是：万里投荒第二人。

在这一段从大学到教书一直到出国的时期中，我的心镜中照见的是：蒋介石猖狂反共，日本军野蛮入侵，时局动荡不安，学生两极分化，这样一幅十分复杂矛盾的图像。

马前的桃花，远看异常鲜艳，近看则不见得。

我在柏林呆了几个月，中国留学生人数颇多，认真读书者当然有之，终日鬼混者也不乏其人。国民党的大官，自蒋介石起，很多都有子女在德国"流学"。这些高级"衙内"看不起我，我更藐视这一群行尸走肉的家伙，羞与他们为伍。此地"信美非吾土"，到了深秋，我就离开柏林，到了小城又是科学名城的哥廷根。从此以后，在这里一住就是七年，没有离开过。德国给我一月一百二十马克。房租约占百分之四十多，吃饭也差不多。手中几乎没有余钱。同官费学生一个月八百马克相比，真如小巫见大巫。我在德国住了那么久的时间，从来没有寒暑假休息，从来没有旅游，一则因为"阮囊羞涩"，二则珍惜寸阴，想多念一点书。

我不远万里而来，是想学习的。但是，学习什么呢？最初并没有一个十分清楚的打算。第一学期，我选了希腊文，样子是想念欧洲古典语言文学。但是，在这方面，我无法同德国学生竞争，他们在中学里已经学了八年拉丁文，六年希腊文。我心里彷徨起来。

到了1936年春季始业的那一学期，我在课程表上看到了瓦尔德施密特开的梵文初学课，我狂喜不止。在清华时，受了陈寅恪先生讲课的影响，就有志于梵学。但在当时，中国没有人开梵文课，现在竟于无意中得之，焉能不狂喜呢？于是我立即选了梵文课。在德国，要想考取哲学博士学位，必须修三个系，一主二副。我的主系是梵文、巴利文，两个副系是英国语言学和斯拉夫语言学。我从此走上了正规学习的道路。

1937年，我的奖学金期满。正在此时，日军发动了卢沟桥事件，虎视眈眈，意在吞并全中国乃至亚洲。我是望乡兴叹，有家难归。但是天无绝人之路，汉文系主任夏伦邀我担任汉语讲师，我实在像久旱逢甘霖，当然立即同意，走马上任。这个讲师工作不多，我照样当我的学生，我的读书基地仍然在梵文研究所，偶尔到汉学研究所来一下。这情况一直继续到1945年秋天我离开德国。

1939年，第二次世界大战正式开幕。我原以为像这样杀人盈野、积血成河的人类极端残酷的大搏斗，理应震撼三界，摇动五洲，使禽兽颤抖，使人类失色。然而，我有幸身临其境，只不过听到几次法西斯头子狂嚎——这在当时的德国是司空见惯的事——好像是春梦初觉，无声无息地就走进了战争。战争初期阶段，德军的胜利使德国人如疯如狂，对我则是一个打击。他们每胜利一次，我就在夜里服安眠药一次。积之既久，失眠成病，成了折磨我几十年的终生瘟疫。

最初生活并没有怎样受到影响。慢慢地肉和黄油限量供应了，慢慢地面包限量供应了，慢慢地其他生活用品也限量供应了。在不知不觉中，生活的螺丝越拧越紧。等到人们明确地感觉到时，这螺丝已经拧得很紧很紧了，但是除了极个别的反法西斯的人以外，我没有听到老百姓说过一句怨言。德国法西斯头子统治有术，而德国人民也是一个十分奇特的民族，对我来说，简直像个谜。

后来战火蔓延，德国四面被封锁，供应日趋紧张。我天天挨饿，夜夜作梦，梦到中国的花生米。我幼无大志，连吃东西也不例外。有雄心壮志的人，梦到的一定是燕窝、鱼翅，哪能像我这样没出息的人只梦到花生米呢？饿得厉害的时候，我简直觉得自己是处在饿鬼地狱中，恨不能把地球都整个吞下去。

我仍然继续念书和教书。除了挨饿外，天上的轰炸最初还非常稀少。我终于写完了博士论文。此时瓦尔德施密特教授被征从军，他的前任已退休的老教授 Prof. E. Sieg（西克）替他上课。他用了几十年的时间读通了吐火罗文，名扬全球。按岁数来讲，他等于我的祖父。他对我也完全是一个祖父的感情。他一定要把自己全部拿手的好戏都传给我：印度古代语法，吠陀，而且不容我提不同意见，一定要教我吐火罗文。我乘瓦尔德施密特教授休假之机，通过了口试，布朗恩口试俄文和斯拉夫文，罗德尔口试英文。考试及格后，仍在西克教授指导下学习。我们天天见面，冬天黄昏，在积雪的长街上，我搀扶着年逾八旬的异国的老师，送他回家。我忘记了战火，忘记了饥饿，我心中只有身边这个老人。

我当然怀念我的祖国，怀念我的家庭。此时邮政早已断绝。杜甫诗："烽火连三月，家书抵万金。"我却是"烽火连三年，家书抵亿金"。事实上根本收不到任何信。这大大地加强我的失眠症，晚上吞服的药量，与日俱增，能安慰我的只有我的研究工作。此时英美的轰炸已成家常便饭，我就是在饥饿与轰炸中写成了几篇论文。大学成了女生的天下，男生都抓去当了兵。过了没有多久，男生有的回来了，但不是缺一只手，就是缺一条腿。双拐击地的声音在教室大楼中往复回荡，形成了独特的合奏。

到了此时，前线屡战屡败，法西斯头子的牛皮虽然照样厚颜无耻地吹，然而已经空洞无力，有时候牛头不对马嘴。从我们外国人眼里来看，败局已定，任何人也回天无力了。

德国人民怎么样呢？经过我十年的观察与感受，我觉得，德国人不愧是世界上最优秀的人民之一。文化昌明，科学技术处于世界前列，大文学家、大哲学家、大音乐家、大科学家，近代哪一个民族也比不上。而且为人正直，淳朴，个个都是老实巴交的样子。在政治上，他们却是比较单纯的。真心拥护希特勒者占绝大多数。令我大感不解的是，希特勒极端诬蔑中国人，视为文明的破坏者。按理说，我在德国应当遇到很多麻烦。然而，实际上，我却一点麻烦也没有遇到。听说，在美国，中国人很难打入美国人社会。可我在德国，自始至终就在德国人社会之中，我就住在德国人家中，我的德国老师，我的德国同学，我的德国同事，我的德国朋友，从来待我如自己人，没有丝毫歧视。这一点让我终生难忘。

这样一个民族现在怎样看待垂败的战局呢？他们很少跟我谈论战

争问题，对生活的极端艰苦，轰炸的极端野蛮，他们好像都无动于衷，他们有点茫然、漠然。一直到1945年春，美国军队攻入哥廷根，法西斯彻底完蛋了，德国人仍然无动于衷，大有逆来顺受的意味，又仿佛当头挨了一棒，在茫然、漠然之外，又有点昏昏然、懵懵然。

惊心动魄的世界大战，持续了六年，现在终于闭幕了。我在惊魂甫定之余，顿时想到了祖国，想到了家庭，我离开祖国已经十年了，我在内心深处感到了祖国对我这个海外游子的召唤。几经交涉，美国占领军当局答应用吉普车送我们到瑞士去。我辞别德国师友时，心里十分痛苦，特别是西克教授，我看到这位耄耋老人面色凄楚，双手发颤，我们都知道，这是最后一面了。我连头也不敢回，眼里流满了热泪。我的女房东对我放声大哭。她儿子在外地，丈夫已死，我这一走，房子里空空洞洞，只剩下她一个人。几年来她实际上是同我相依为命，而今以后，日子可怎样过呀！离开她时，我也是头也没有敢回，含泪登上美国吉普。我在心里套一首旧诗想成了一首诗：

留学德国已十霜，
归心日夜忆旧邦。
无端越境入瑞士，
客树回望成故乡。

这十年在我的心镜上照出的是法西斯统治，极端残酷的世界大战，游子怀乡的残影。

1945 年 10 月，我们到了瑞士。在这里呆了几个月。1946 年春天，离开瑞士，经法国马赛，乘为法国运兵的英国巨轮，到了越南西贡。在这里呆到夏天，又乘船经香港回到上海，别离祖国将近十一年，现在终于回来了。

此时，我已经通过陈寅恪先生的介绍，胡适之先生、傅斯年先生和汤用彤先生的同意，到北大来工作。我写信给在英国剑桥大学任教的哥廷根旧友夏伦教授，谢绝了剑桥之聘，决定不再回欧洲。同家里也取得了联系，寄了一些钱回家。我感激叔父和婶母，以及我的妻子彭德华，他们经过千辛万苦，努力苦撑了十一年，我们这个家才得以完整安康地留了下来。

当时正值第三次革命战争激烈进行，交通中断，我无法立即回济南老家探亲。我在上海和南京住了一个夏天。在南京曾叩见过陈寅恪先生，到中央研究院拜见过傅斯年先生。1946 年深秋，从上海乘船到秦皇岛，转乘火车，来到了暌别十一年的北京。深秋寂冷，落叶满街，我心潮起伏，酸甜苦辣，说不出来是什么滋味。阴法鲁先生到车站去接我们，把我暂时安置在北大红楼。第二天，会见了文学院长汤用彤先生。汤先生告诉我，按北大以及其他大学规定，得学位回国的学人，最高只能给予副教授职称，在南京时傅斯年先生也告诉过我同样的话。能到北大来，我已经心满意足，焉敢妄求？但是过了没有多久，大概只有个把礼拜，汤先生告诉我，我已被定为正教授兼东方语言文学系主任，时年三十五岁。当副教授时间之短，我恐怕是创了新纪录。这完全超出了我的想望。我暗下决心：努力工作，积极述作，庶不负我的老师和师辈培养我的苦心！

此时的时局却是异常恶劣的。以蒋介石为首的国民党，剥掉自己的一切画皮，贪污成性，贿赂公行，大搞"五子登科"，接收大员满天飞，"法币"天天贬值，搞了一套银元券、金元券之类的花样，毫无用处。人民生活在水深火热之中，大学教授也不例外。手中领到的工资，一个小时以后，就能贬值。大家纷纷换银元，换美元，用时再换成法币。每当手中攥上几个大头时，心里便暖乎乎的，仿佛得到了安全感。

在学生中，新旧势力的斗争异常激烈。国民党垂死挣扎，进步学生猛烈进攻。当时流传着一个说法：在北平有两个解放区，一个是北大的民主广场，一个是清华园。我住在红楼，有几次也受到了国民党北平市党部纠集的天桥流氓等闯进来捣乱的威胁。我们在夜里用桌椅封锁了楼口，严阵以待，闹得人心惶惶，我们觉得又可恨，又可笑。

但是，腐败的东西终究会灭亡的，这是一条人类和大自然中进化的规律。1949年春，北京终于解放了。

在这三年中，我的心镜中照出的是黎明前的一段黑暗。

如果把我的一生分成两截的话，我习惯的说法是，前一截是旧社会，共三十八年。后一截是新社会，年数现在还没法确定，我一时还不想上八宝山，我无法给我的一生划上句号。

1993年2月17日

原载《东方》1994年第4、5期

（文章有删节）

赋得永久的悔

题目是韩小蕙女士出的，所以名之曰"赋得"。但文章是我心甘情愿做的，所以不是八股。

我为什么心甘情愿作这样一篇文章呢？一言以蔽之，题目出得好，不但实获我心，而且先获我心：我早就想写这样一篇东西了。

我已经到了望九之年。在过去的七八十年中，从乡下到城里；从国内到国外；从小学、中学、大学到洋研究院；从"志于学"到超过"从心所欲不逾矩"，曲曲折折，坎坎坷坷，既走过阳关大道，也走过独木小桥；既经过"山重水复疑无路"，又看到"柳暗花明又一村"，喜悦与忧伤并驾，失望与希望齐飞，我的经历可谓多矣。要讲后悔之事，那是俯拾即是。要选其中最深切、最真实、最难忘的悔，也就是永久的悔，那也是唾手可得，因为它片刻也没有离开过我的心。

我这永久的悔就是：不该离开故乡，离开母亲。

我出生在鲁西北一个极端贫困的村庄里。我们家是贫中之贫，真可以说是贫无立锥之地。"十年浩劫"中，我自己跳出来反对北大

　　　　　　　　我的心是一面镜子

那一位倒行逆施但又炙手可热的"老佛爷",被她视为眼中钉,必欲除之而后快。她手下的小喽啰们曾两次窜到我的故乡,处心积虑把我"打"成地主,他们那种狗仗人势穷凶极恶的教师爷架子,并没有能吓倒我的乡亲。我小时候的一位伙伴指着他们的鼻子,大声说:"如果让整个官庄来诉苦的话,季羡林家里是第一家!"

这一句话并没有夸大,他说的是实情。我祖父母早亡,留下了我父亲等三个兄弟,孤苦伶仃,无依无靠。最小的一叔送了人。我父亲和九叔饿得没有办法,只好到别人家的枣林里去捡落到地上的干枣充饥。这当然不是长久之计。最后兄弟俩被逼背乡离井,盲流到济南去谋生。此时他俩也不过十几二十岁。在举目无亲的大城市里,必然是经过千辛万苦,九叔在济南落住了脚。于是我父亲就回到了故乡,说是农民,但又无田可耕。又必然是经过千辛万苦,九叔从济南有时寄点钱回家,父亲赖以生活。不知怎么一来,竟然寻(读若 xín)上了媳妇,她就是我的母亲。母亲的娘家姓赵,门当户对,她家穷得同我们家差不多,否则也决不会结亲。她家里饭都吃不上,哪里有钱、有闲上学。所以我母亲一个字也不识,活了一辈子,连个名字都没有。她家是在另一个庄上,离我们庄五里路。这个五里路就是我母亲毕生所走的最长的距离。

北京大学那一位"老佛爷"要"打"成"地主"的人,也就是我,就出生在这样一个家庭里,就有这样一位母亲。

后来我听说,我们家确实也"阔"过一阵。大概在清末民初,九叔在东三省用口袋里剩下的最后的钱,买了十分之一的湖北水灾奖券,中了奖。兄弟俩商量,要"富贵而归故乡",回家扬一下眉,吐一下气。于是把钱运回家，九叔仍然留在城里，乡里的事由父亲一手张罗。他用荒唐离奇的价钱，买了砖瓦，盖了房子。又用荒唐离奇的价钱，置了一块带一口水井的田地。一时兴会淋漓，真正扬眉吐气了。可惜好景不长，我父亲又用荒唐离奇的方式，仿佛宋江一样，豁达大度，招待四方朋友。一转瞬间，盖成的瓦房又拆了卖砖，卖瓦。有水井的田地也改变了主人。全家又回归到原来的情况。我就是在这个时候，在这样的情况下降生到人间来的。

母亲当然亲身经历了这个巨大的变化。可惜，当我同母亲住在一起的时候，我只有几岁，告诉我，我也不懂。所以，我们家这一次陡然上升，又陡然下降，只像是昙花一现，我到现在也不完全明白。这个谜恐怕要成为永恒的谜了。

不管怎样，我们家又恢复到从前那种穷困的情况。后来听人说，我们家那时只有半亩多地。这半亩多地是怎么来的，我也不清楚。一家三口人就靠这半亩多地生活。城里的九叔当然还会给点接济，然而像中湖北水灾奖那样的事儿，一辈子有一次也不算少了，九叔没有多少钱接济他的哥哥了。

家里日子是怎样过的，我年龄太小，说不清楚。反正吃得极坏，这个我是懂得的。按照当时的标准，吃"白的"（指麦子面）最高，其次是吃小米面或棒子面饼子，最次是吃红高粱饼子，颜色是红的，像猪肝一样。"白的"与我们家无缘。"黄的"（小米面或棒子面饼子颜色都是黄的）与我们缘分也不大。终日为伍者只有"红的"。这"红的"又苦又涩，真是难以下咽。但不吃又害饿，我真有点谈"红"色变了。

但是，小孩子也有小孩子的办法。我祖父的堂兄是一个举人，他的夫人我喊她奶奶。他们这一支是有钱有地的。虽然举人死了，但家境依然很好。我这一位大奶奶仍然健在。她的亲孙子早亡，所以把全部的钟爱都倾注到我身上来。她是整个官庄能够吃"白的"的仅有的几个人之一。她不但自己吃，而且每天都给我留出半个或者四分之一个白面馍馍来。我每天早晨一睁眼，立即跳下炕来向村里跑，我们家住在村外。我跑到大奶奶跟前，清脆甜美地喊上一声："奶奶！"她立即笑得合不上嘴，把手缩回到肥大的袖子，从口袋里掏出一小块馍馍，递给我，这是我一天最幸福的时刻。

　　此外，我也偶尔能够吃一点"白的"，这是我自己用劳动换来的。一到夏天麦收季节，我们家根本没有什么麦子可收。对门住的宁家大婶子和大姑——她们家也穷得够呛——就带我到本村或外村富人的地里去"拾麦子"。所谓"拾麦子"就是别家的长工割过麦子，总还会剩下那么一点点麦穗，这些都是不值得一捡的，我们这些穷人就来"拾"。因为剩下的决不会多，我们拾上半天，也不过拾半篮子；然而对我们来说，这已经是如获至宝了。一定是大婶和大姑对我特别照顾，以一个四五岁、五六岁的孩子，拾上一个夏天，也能拾上十斤八斤麦粒。这些都是母亲亲手搓出来的。为了对我加以奖励，麦季过后，母亲便把麦子磨成面，蒸成馍馍，或贴成白面饼子，让我解解馋。我于是就大快朵颐了。

　　记得有一年，我拾麦子的成绩也许是有点"超常"。到了中秋节——农民嘴里叫"八月十五"——母亲不知从哪里弄了点月饼，给我掰了一块，我就蹲在一块石头旁边，大吃起来。在当时，对我来说，月饼可真是神奇的好东西，龙肝凤髓也难以比得上的，我难得吃上一次。我当时并没有注意，母亲是否也在吃。现在回想起来，她根本一口也没有吃。不但是月饼，连其他"白的"，母亲从来都没有尝过，都留给我吃了。她大概是毕生就与红色的高粱饼子为伍。到了俭年，连这个也吃不上，那就只有吃野菜了。

至于肉类，吃的回忆似乎是一片空白。我姥娘家隔壁是一家卖煮牛肉的作坊。给农民劳苦耕耘了一辈子的老黄牛，到了老年，耕不动了，几个农民便以极其低的价钱买来，用极其野蛮的办法杀死，把肉煮烂，然后卖掉。老牛肉难煮，实在没有办法，农民就在肉锅里小便一通，这样肉就好烂了。农民心肠好，有了这种情况，就昭告四邻："今天的肉你们别买！"姥娘家穷，虽然极其疼爱我这个外孙，也只能用土罐子，花几个制钱，装一罐子牛肉汤，聊胜于无。记得有一次，罐子里多了一块牛肚子。这就成了我的专利。我舍不得一气吃掉，就用生了锈的小铁刀，一块一块地割着吃，慢慢地吃。这一块牛肚真可以同月饼媲美了。

"白的"、月饼和牛肚难得，"黄的"怎样呢？"黄的"也同样难得。但是，尽管我只有几岁，我却也想出了办法。到了春、夏、秋三个季节，庄外的草和庄稼都长起来了。我就到庄外去割草，或者到人家高粱地里去劈高粱叶。劈高粱叶，田主不但不禁止，而且还欢迎；因为叶子一劈，通风情况就能改进，高粱长得就能更好，粮食打得就能更多。草和高粱叶都是喂牛用的。我们家穷，从来没有养过牛。我二大爷家是有地的，经常养着两头大牛。我这草和高粱叶就是给它们准备的。每当我这个不到三块豆腐干高的孩子背着一大捆草或高粱叶走进二大爷的大门，我心里有所恃而不恐，把草放在牛圈里，赖着不走，总能蹭上一顿"黄的"吃，不会被二大娘"捲"（我们那里的土话，意思是"骂"）出来。到了过年的时候，自己心里觉得，在过去的一年里，自己喂牛立了功，又有了勇气到二大爷家里赖着吃黄面糕。黄面糕是用黄米面加上枣蒸成的。颜色虽黄，却位列"白的"之上，因为一年只在过年时吃一次，"物以稀为贵"，于是黄面糕就贵了起来。

我上面讲的全是吃的东西。为什么一讲到母亲就讲起吃的东西来了呢？原因并不复杂。第一，我作为一个孩子容易关心吃的东西。第二，所有我在上面提到的好吃的东西，几乎都与母亲无缘。除了"红的"以外，其余她都不沾边儿。我在她身边只呆到六岁，以后两次奔丧回家，呆的时间也很短。现在我回忆起来，连母亲的面影都是迷离模糊的，没有一个清晰的轮廓。特别有一点，让我难解而又易解：我无论如何也回忆不起母亲的笑容来，她好像是一辈子都没有笑过。家境贫困，儿子远离，她受尽了苦难，笑容从何而来呢？有一次我回家听对面的宁大婶子告诉我说："你娘经常说：'早知道送出去回不来，我无论如何也不会放他走的！'"简短的一句话里面含着多少辛酸、多少悲伤啊！母亲不知有多少日日夜夜，眼望远方，盼望自己的儿子回来啊！然而这个儿子却始终没有归去，一直到母亲离开这个世界。

对于这个情况，我最初懵懵懂懂，理解得并不深刻。到了上高中的时候，自己大了几岁，逐渐理解了。但是自己寄人篱下，经济不能独立，空有雄心壮志，怎奈无法实现，我暗暗地下定了决心，立下誓愿：一旦大学毕业，自己找到工作，立即迎养母亲。然而没有等到我大学毕业，母亲就离开我走了，永远永远地走了。古人说："树欲静而风不止，子欲养而亲不待。"这话正应到我身上，我不忍想象母亲临终时思念爱子的情况；一想到，我就会心肝俱裂，眼泪盈眶。当我从北平赶回济南，又从济南赶回清平奔丧的时候，看到了母亲的棺材，看到那简陋的屋子，我真想一头撞死在棺材上，随母亲于地下。我后悔，我真后悔，我千不该万不该离开了母亲。世界上无论什么名誉，什么地位，什么幸福，什么尊荣，都比不上呆在母亲身边，即使她一个字也不识，即使整天吃"红的"。

这就是我的"永久的悔"。

1994 年 3 月 5 日

回忆

回忆很不好说，究竟什么才算是回忆呢？我们时时刻刻沿了人生的路向前走着，时时刻刻有东西映入我们的眼里。——即如现在吧，我一抬头就可以看到清浅的水在水仙花盆里反射的冷光，漫在水里的石子的晕红和翠绿，茶杯里残茶在软柔的灯光下照出的几点金星。但是，一转眼，眼前的这一切，早跳入我的意想里，成轻烟，成细雾，成淡淡的影子，再看起来，想起来，说起来的话，就算是我的回忆了。

只说眼前这一步，只有这一点淡淡的影子，自然是迷离的。但是我自从踏到世界上来，走过不知多少的路。回望过去的茫茫里，有着我的足迹叠成的一条白线，一直引到现在，而且还要引上去。我走过都市的路，看尘烟缭绕在栉比的高屋的顶上。我走过乡村的路，看似水的流云笼罩着远村，看金海似的麦浪。我走过其他许许多多的路，看红的梅，白的雪，激湍的流水，十里稷稷的松壑，死人的蜡黄的面色，小孩充满了生命力的踊跃。我在一条路上接触到种种的面影，熟悉的，不熟悉的。这一切的一切都在我走着的时候，蓦地成轻烟，成细雾，成淡淡的影子，储在我的回忆里。有的也就被埋在回忆的暗陬里，忘了。当我转向另一条路的时候，随时又有新的东西，另有一群面影凑集在我的眼前。蓦地又成轻烟，成细雾，成淡淡的影子，移入我的回忆里，自然也有的被埋在暗陬里，忘了。新的影子挤入来，又有旧的被挤到不知什么地方去幻灭，有的简直就被挤了出去。以后，当另一群更新的影子挤进来的时候，这新的也就追踪了旧的命运。就这样，挤出，挤进，一直到现在。我的回忆里残留着各样的影子，色彩。分不清先先后后，萦混成一团了。

　　我就带着这萦混的一团从过去的茫茫里走上来。现在抬头就可以看到水仙花盆里反射的水的冷光，水里石子的晕红和翠绿，残茶在灯下照出的几点金星。自然，前面已经说过，这些都要候地变成影子，移入回忆里，移入这萦混的一团里，但是在未移动以前，这萦混的一团影子说不定就在我的脑海里浮动起来，我就自然陷入回忆里去了——陷入回忆里去，其实是很不费力的事。我面对着当前的事物。不知怎地，迷离里忽然电光似的一掣，立刻有灰蒙蒙的一片展开在我的意想里，仿佛是空空的，没有什么，但随便我想到曾经见过的什么，立刻便有影子浮现出来。跟着来的还不止一个影子，两个，三个，多，更多了。影子在穿梭，在萦混。又仿佛电光似的一掣，我又顺着一条线回忆下去——比如回忆到故乡里的秋吧。先仿佛看到满场里乱摊着的谷子，黄黄的。再看到左右摆动的老牛的头，飘浮着云烟的田野，屋后银白的一片秋芦。再沉一下心，还仿佛能听到老牛的喘气，柳树顶蝉的曳长了的鸣声。豆荚在日光下毕剥的炸裂声。蓦地，有如阴云漫过了田野，只在我的意想里一恍，在故乡里的这些秋的影子上面，又挤进来别的影子了——红的梅，白的雪，激滟的流水，十里稷稷的松檞，死人的蜡黄的面色，小孩充满了生命力的踊跃。同时，老牛的影，芦花的影，田野的影，也站在我的心里的一个角隅里。这许多的影子掩映着，混起来。我再不能顺着刚才的那条线想下去。又有许多别的历乱的影子在我的意念里跳动。如电光火石，眩了我的眼睛。终于我一无所见，一无所忆。仍然展开了灰蒙蒙的一片，空空的，什么也没有。我的回忆也就停止了。

我的回忆停止了，但是绝不能就这样停止下去的。我仍然说，我们时时刻刻沿着人生的路向前走着，时时刻刻就有回忆萦绕着我们。——再说到现在吧。灯光平流到我面前的桌上，书页映出了参差的黑影，看到这黑影，我立刻想到在过去不知什么时候看过的远山的淡影。玻璃杯反射着清光。看了这清光，我立刻想到月明下千里的积雪。我正写着字。看了这一颗颗的字，也使我想到阶下的蚁群……倘若再沉一下心，我可以想到过去在某处见过这样的山的淡影。在另一个地方也见过这样的影子，纷纷的一团。于是想了开去，想到同这影子差不多的影子。纷纷的一团。于是又想了开去，仍然是纷纷的一团影子。但是同这山的淡影，同这书页映出的参差的黑影却没有一点关系了。这些影子还没幻灭的时候，又有别的影子隐现在他们后面，朦胧，暗淡，有着各样的色彩。再往里看，又有一层影子隐现在这些影子后面，更朦胧，更暗淡，色彩也更繁复。……一层，一层，看上去，没有完。越远越暗淡了下去。到最后，只剩了那么一点绰绰的形象。就这样，在我的回忆里，一层一层地，这许许多多的影子，色彩，分不清先先后后，又紫混成一团了。

我仍然带了这紫混的一团影子走上去。倘若要问：这些影子都在什么地方呢？我却说不清了。往往是这样，一闭眼，先是暗冥冥的一片，再一看，里面就有影子。但再问：这暗冥冥的一片在什么地方呢？恐怕只有天知道吧。当我注视着一件东西发愣的时候，这些影子往往就叠在我眼前的东西上。在不经意的时候，我常把母亲的面影叠在茶杯上。把忘记在什么时候看见的一条长长的伸到水里去的小路叠在 Hölderlin 的全集上。把一树灿烂的海棠花叠在盛着花的土盆上。把大明湖里的塔影叠在桌上铺着的晶莹的清玻璃上。把晚秋黄昏的一天暮鸦叠在墙角的蜘蛛网上，把夏天里烈日下的火红的花团叠在窗外草地上半匐着的白雪上……然而，只要一经意，这些影子立刻又水纹似的幻化开去。同了这茶杯的，这 Hölderlin 全集的，这土盆的，这清玻璃的，这蜘蛛网的，这白雪的，影子，跳入我的回忆里，在将来的不知什么时候，又要叠在另一些放在我眼前的东西上了。

将来还没有来。而且也不好说。但是，我们眼前的路不正引向将来去吗？我看过了清浅的水在水仙花盆里反射的冷光，映在水里的石子的晕红和翠绿，残茶在软柔的灯光下照出的那几点金星。也看过了茶杯，Hölderlin 全集，土盆，清玻璃，蜘蛛网，白雪，第二天我自然看到另一些新的东西，第三天我自然看到另一些更新的东西。第四天，第五天……看到的东西多起来，这些东西都要倏地成轻烟，成细雾，成淡淡的影子，储在我的回忆里吧。这一团紫混的影子，也要更紫混了。等我不能再走，不能再看的时候，这一团也随了我走应当走的最后路。然而这时候，我却将一无所见，一无所忆。这一团影子幻失到什么地方去了呢？随了大明湖里的倒影飘散到茫迷里去了吗？随了远山的淡霭被吸入金色的黄昏里去了吗？说不清；而且也不必说。——反正我有过回忆了。我还希望什么呢？

1934 年 1 月 14 日旧历年元旦灯下

那提心吊胆的一年

这已经是过去的事情了。现在旧事重提，好像是拣起一面古镜。用这一面古镜照一照今天，才更能显出今天的光彩焕发。

二十多年以前，我在大学里学习了四年西方语言文学以后，带着满脑袋的荷马、但丁、莎士比亚和歌德，回到故乡母校高级中学去当国文教员。

当我走进学校大门的时候，我的心情是复杂的。可以说是一则以喜，一则以惧。喜的是我终于抓到了一个饭碗，这简直是绝处逢生；惧的是我比较熟悉的那一套东西现在用不上了，现在要往脑袋里面装屈原、李白和杜甫。

从一开始接洽这个工作，我脑子里就有一个问号：在那找饭碗如登天的时代里，为什么竟有一个饭碗自动地送上门来？我预感到这里面隐藏着什么危险的东西。但是，没有饭碗，就吃不成饭。我抱着铤而走险的心情想试一试再说。到了学校，才逐渐从别人的谈话中了解到，原来是校长想把本校的毕业生组织起来，好在对敌斗争中为他助一臂之力。我是第一届甲班的毕业生，又捞到了一张一个著名的大学的毕业证书；因此就被他看中，邀我来教书。英文教员满了额，就只好让我教国文。

就教国文吧。我反正是瘸子掉在井里，捞起来也是坐。只要有人敢请我，我就敢教。

但是，问题却没有这样简单。我要教三个年级的三个班，备课要顾三头，而且都是古典文学作品。我小时候虽然念过一些《诗经》《楚辞》，但是时间隔了这样久，早已忘得差不多了。现在要教人，自己就要先弄懂。可是，真正弄懂又不是一件轻而易举的事情。现在教国文的同事都是我从前的教员。我本来应该而且可以向他们请教的。但是，根据我的观察，现在我们之间的关系变了：不再是师生，而是饭碗的争夺者。在他们眼中，我几乎是一个眼中钉。即使我问他们，他们也不会告诉我的。我只好一个人单干。我日夜抱着一部《辞源》，加紧备课。有的典故查不到，就成天半夜地绕室彷徨。窗外校园极美，正盛开着木槿花。在暗夜中，阵阵幽香破窗而入。整个宇宙都静了下来，只有我一人还不能宁静。我又仿佛为人所遗弃，很想到什么地方去哭上一场。

我的老师们也并不是全不关心他们的老学生。我第一次上课以前，他们告诉我，先要把学生的名字都看上一遍，学生名字里常常出现一些十分生僻的字，有的话就查一查《康熙字典》。如果第一堂就念不出学生的名字，在学生心目中这个教员就毫无威信，不容易当下去，影响到饭碗。如果临时发现了不认识的字，就不要点这个名。点完后只需问上一声："还有没点到名的吗？"那一个学生一定会举手站起来。然后再问一声："你叫什么名字呀？"他自己一报名，你也就认识了那一个字。如此等等，威信就可以保得十足。

这虽是小小的一招，我却是由衷感激。我教的三个班果然有几个学生的名字连《辞源》上都查不到。如果没有这一招，我的威信恐怕一开始就破了产，连一年教员也当不成了。

可是课堂上也并不总是平静无事。我的学生有的比我还大，从小就在家里念私塾，旧书念得很不少。有一个学生曾对我说："老师，我比你大五岁哩。"说罢嘿嘿一笑，我觉得里面有威胁，有嘲笑。比我大五岁，又有什么办法呢？我这老师反正还要当下去。

当时好像有一种风气：教员一定要无所不知。学生以此要求教员，教员也以此自居。在课堂上，教员决不能承认自己讲错了，决不能有什么问题答不出。否则就将为学生所讥笑。但是像我当时那样刚从外语系毕业的大娃娃教国文怎能完全讲对呢？怎能完全回答同学们提出来的问题呢？有时候，只好王顾左右而言他；被逼得紧了，就硬着头皮，乱说一通。学生究竟相信不相信，我不清楚。反正他们也不是傻子，老师究竟多轻多重，他们心中有数。我自己十分痛苦。下班回到寝室，思前想后，坐立不安。孤苦寂寥之感又突然袭来，我又仿佛为人们所遗弃，想到什么地方去哭上一场。

别的教员怎样呢？他们也许都有自己的烦恼，家家有一本难念的经。但是有几个人却是整天价满面春风，十分愉快。我有时候也从别人嘴里听到一些风言风语，说某某人陪校长太太打麻将了，某某人给校长送礼了，某某人请校长夫妇吃饭了。

我立刻想到自己的饭碗，也想学习他们一下。但是，却来了问题：买礼物，准备酒席，都不是极困难的事情。可是，怎样送给人家呢？怎样请人家呢？如果只说："这是礼物，我要送给你。"或者："我要请你吃饭。"虽然也难免心跳脸红，但我自问还干得了。可是，这显然是不行的，事情并没有这样简单，一定还要耍一些花样。这就是我力所不能及的事情了。我在自己屋里，再三考虑，甚至自我表演，暗诵台词。最后，我只有承认，我在这方面缺少天才，只好作罢。我仿佛看到自己手里的饭碗已经有点飘动。我真想到什么地方去哭上一场。

就这样，半年过去了。到了放寒假的时候，一位河南籍的物理教员，因为靠山教育厅的一位科长垮了台，就要被解聘。校长已经托人暗示给他，他虽然没有出路，也只有忍痛辞职。我们校长听了，故意装得大为震惊，三番两次到这位教员屋里去挽留，甚至声泪俱下，最后还表示要与他共进退。我最初只是一位旁观者，站在旁边看校长的表演艺术，欣赏他的表演天才。但是，看来看去，我自己竟糊涂起来，我给校长的真挚态度所感动了。我也自动地变成演员，帮着校长挽留他。那位教员阅历究竟比我深，他不为所动，还是卷了铺盖。因为他知道，连他的继任人选都已经安排好了。

我又长了一番见识，暗暗地责备自己糊涂。同时，我也不寒而栗，将来会不会有一天校长也要同我"共进退"呢？

也就在这时候，校长大概逐渐发现，在我这个人身上，他失了眼力，看错了人。我到了学校以后，虽然也在别人的帮助（毋宁说是牵引）下，把高中毕业同学组织起来，并且被选为什么主席。但是，从那以后，就一点活动也没有。我确实不知道，应该活动一些什么。虽然我绞尽脑汁，办法就是想不出。这样当然就与校长原意相违了。他表面上待我还是客客气气。只是有一次在有意和无意之间他对我说道："你很安静。"什么叫做"安静"呢？别人恐怕很难体会这两个字的意思，我却是能体会的。我回到寝室，又绕室彷徨。"安静"两个字给我以大威胁。我的饭碗好像就与这两个字有关。我又仿佛为人所遗弃，想到什么地方去哭上一场。

春天早过，夏天又来，这正是中学教员最紧张的时候。在教员休息室里，经常听到一些窃窃私语："拿到了没有？"不用说拿到什么，大家都了解，这指的是下学期的聘书。有的神色自若，微笑不答。这都是有办法的人，与校长关系密切，或者属于校长的基本队伍。只要校长在，他们决不会丢掉饭碗。有的就神色仓皇，举止失措。这样的人没有靠山，饭碗掌握在别人手里，命定是一年一度紧张。我把自己归入这一类。我的神色如何，自己看不见，但是心情自己是知道的。校长给我下的断语"安静"，我觉得，就已经决定了我的命运。但我还侥幸有万一的幻想，因此在仓皇中还有一点镇静。

但是，这镇静是不可靠的。我心里的滋味实际上同一年前大学将要毕业时差不多。我见了人，不禁也窃窃私语："拿到了没有？"我不喜欢那些神态自若的人。我只愿意接近那些神色仓皇的人。只有对这一些人我才有同病相怜之感。

这时候，校园更加美丽了。木槿花虽还开放，但已经长满了绿油油的大叶子。玫瑰花开得一丛一丛的，池塘里的水浮莲已经开出黄色的花朵。"小园香径独徘徊"，是颇有诗意的。可惜我什么诗意都没有。我耳边只有一个声音："拿到了没有？"我觉得，大地茫茫，就是没有我的容身之处。我又想到什么地方去哭上一场。

这事情已经过去了二十多年。但是，每一回忆起那提心吊胆的情况，就历历如在眼前，我真是永世难忘。现在把它写了出来，算是送给今年毕业同学的一件礼物，送给他们一面镜子。在这里面，可以照见过去与现在，可以照出自己应该走的道路。

1963 年 7 月 21 日

红

在我刚从故乡里走出来以后的几年里，我曾有过一段甜蜜的期间，是长长的一段。现在回忆起来，虽然每一件事情都仿佛有一层灰蒙蒙的氛围萦绕着，但仔细看起来，却正如读希腊的神话，眼前闪着一片淡黄的金光。倘若用了象征派诗人的话，这也算是粉红色的一段了。

当时似乎还没有多少雄心壮志，但眼前却也不缺少时时浮起来的幻想。从一个字不认识，进而认得了许多字，因而知道了许多事情；换了话说，就是从莫名其妙的童年里渐渐看到了人生，正如从黑暗里乍走到光明里去，看一切东西都是新鲜的。我看一切东西都发亮，都能使我的幻想飞出去。小小的心也便日夜充塞了欢欣与惊异。

我就带了一颗充塞了欢欣与惊异的心，每天从家里到一个靠近了墟墙有着一个不小的有点乡村味的校园的小学校里去上学。沙着声念古文或者讲数学的年老而又装着威严的老师，自然引不起我的兴趣，在班上也不过用小刀在桌子上刻花，在书本上画小人头。一下班立刻随了几个小同伴飞跑到小池子边上去捉蝴蝶，或者去拣小石头子；整个的心灵也便倾注在蝴蝶的彩色翅膀上和小石头子的螺旋似的花纹里了。

从家里到学校是一段颇长的路。路既曲折狭隘，也偏僻。顶早的早晨，当我走向学校去的时候，是非常寂静，没有什么人走路的。然而，在我开始上学以后不久，我却遇到一个挑着担子卖绿豆小米的。以后，接连着几个早晨都遇到他。有一天的早晨，他竟向我微笑了。他是一个近于老境的中年人，有一张纯朴的脸。无论在衣服上在外貌上都证明他是一个老实的北方农民。然而他的微笑却使我有点窘，也害臊。这微笑在早晨的柔静的空气里回荡。我赶紧避开了他。整整地一天，他的微笑在我眼前晃动着。

第二天早晨，当我刚走出了大门，要到学校去的时候，我又遇到了他。他把担子放在我家门口，正同王妈争论米豆的价钱。一看到我，脸上立刻又浮起了微笑；嘴动了动，看样子是要对我讲话了。这微笑使我更有点窘，也更害怕，我又赶紧避开了他，匆匆地走向学校去。——那时大概正是春天。在未出大门之先，我走过了一段两边排列着正在开着的花的甬道。我也看到春天的太阳在这中年人的脸上跳跃。

在学校里仍然不外是捉蝴蝶，找石子。当我走回家坐在一间阴暗的屋里一张书桌旁边的时候，我又时时冲动似的想到这老实纯朴的中年人。他为什么向我笑呢？当时童稚的心似乎无论怎样也不能了解。小屋里在白天也是黑黝黝的。仅有的一个窗户给纸糊满了。窗外有一棵山丁香，正在开着花。窗户像个闸，把到处都充满了花香鸟语的春光闸在外面。当暮色从四面高高的屋顶上溜进了小院来的时候，我不再想到这中年人，我的心被星星的光吸引住，给蝙蝠的翅膀拖到苍茫的太空里去了。

接连着几天的早晨，我仍然遇到这中年人，每天放学回来就喝着买他的绿豆和小米做成的稀饭。因为见面熟了，我不再避开他。我知道他想同我讲话也不过是喜欢小孩的一种善意的表示。我们开始谈起话来。他所说的似乎都是些离奇怪诞的话。他告诉我：他见到过比象大的老鼠。这却不足使我震惊，因为当时我还没能看到过象。我觉得顶有趣的是他说到一个馒头皮竟有四里地厚，一个人啃了几个月才啃到馅；怎样一个鸡下了个比西瓜还大的卵；怎样一个穷小子娶了个仙女。当他看到我瞪大了错愕的眼睛看着他的时候，这老实的中年人孩子似的笑起来了。

经过了明媚的春天，接着是长长的暑假。暑假过了，是瑟冷的秋天：看落叶在西风里颤抖。跟着来了冬天：看白雪装点的枯树。雪的早晨，我们堆雪人。晚上，我们在小院里捉迷藏。每天上学的时候，仍然碰到这中年人。回到家里来的时候，就又坐在那阴暗的屋里一张小桌旁看书什么的。窗户仍然是个闸，把夏的蓝得有点儿古怪的天、秋的长天、冬的灰暗的天都闸在外面。只有从纸缝里看到星星的光、月的光、听秋蝉的嘶声从黄了顶的树上飘下来。听大雪天寒鸦冷峭的鸣声。仿佛隔了一层世界。——就这样生活竟意外地平静，自己也就平静地活下去。

当第二年的清朗的春天看看要化入夏天的炎辉里去的时候，自己的心情上微微起了点变化。也许因为过去的生活太单调，心里总仿佛在渴望着什么似的，感到轻微的不满足。在学校里班上对刻字画人头也感到烦腻；沙着声念古文的老教员更使我讨厌得不可言状。这位老实的中年人的荒唐话再也不能引起我的兴趣。以前寄托在蝴蝶的彩色翅膀上、小石子的花纹里的空灵的天堂幻灭了。我渴望着抓到一个新的天堂，但新的却究竟在什么地方呢？

就在这时候，因了一个机缘的凑巧，我看到了《彭公案》之类的武侠小说。这里面给了我另外一个新奇的天堂——一个人凭空会上屋，会在树顶上飞。更荒唐的，一个怪人例如和尚道士之流的，一张嘴就会吐着一道白光，对方的头就在这白光里落下了来。对我，这是一个天大的奇迹。这奇迹是在蝴蝶翅膀上、小石子的花纹里绝对找不到的。我失掉的天堂终于又在这里找到了。

最初读的时候，自然有许多不识的字。但也能勉强看下去，而明了书里的含意。只要一看书的插图，就使我够满意的了：一个个有着同普通人不一样的眼、眉、胡子。手里都拿着刀枪什么的。这些图上的小人占据了我整个的心。我常常整整地一个过午逃了学，找一个僻静的地方去读小说。黄昏的时候，走回家去，红着脸对付家里大人们的询问。脑子里仍然满装着剑仙剑侠之流的飞腾的影子。晚上，夜深人静的时候，一觉醒转来，看看窗纸上微微有点白光的晃动；我知道，这是王妈起来纺麻线了。我于是也悄悄地起来，拿一本小说，就着纺线的灯光瞅着一行行蚂蚁般大的小字，一直读到小字真像蚂蚁般地活动起来。一闭眼，眼前浮动着一丛丛灿烂的花朵。这时候才嗅到夜来香的幽香一阵阵往鼻子里挤。花的香合了梦一齐压上了我。第二天早晨到学校去的路上，倘若遇到那位老实的中年人，我不再听他那些荒唐怪诞的话；我却要把我的剑侠剑仙之流的飞腾说给他听了。

我现在也有了雄心壮志了，是荒唐的雄心壮志。我老想着，怎样我也可以一张嘴就吐出一道白光，使敌人的头在白光里掉在地上；怎样我也可以在黑夜的屋顶上树顶上飞。在我眼前蓦地有一条黑影一晃，我知道是来了能人了。我于是把嘴一张，立刻一道白光射出去，眼看着那人从几十丈高的墙上翻身落下去。这不是天下的奇观吗？自己心里仿佛真有那样一回事似的愉快。同时，也正有同我年纪差不多的小孩子，他们也有着同样的雄心壮志。他们告诉我，怎样去练铁砂掌，怎样去练隔山打牛。我于是回到家里就实行。候着没有人在屋里的时候，把手不停地向盛着大米或绿豆的缸里插，一直插到全手麻木了，自己一看，指甲与肉接连着的一部分已经磨出了血。又在帐子顶上悬上一个纸球，每天早晨起床之先，先向空打上一百掌，据说倘若把球打动了，就能百步打人。晚上，在小院里，在夜来香的丛中，背上斜插着一条量布用的尺，当作宝剑。同一群小孩玩的时候，也凛凛然仿佛有不可一世的气概似的。

但是，把手向大米或绿豆里插已经流过几次血，手痛不能再插。凭空打球终于也没看见球微微地动一动。心里渐渐感到轻微的失望。已经找到的天堂现在又慢慢幻灭了去。自己以前的希望难道真的都是幻影吗？以后，又渐渐听到别人说，剑侠剑仙之流的怪人，只有古时候有，现在是不会有的了。我深深地感到失掉幻影的悲哀。但别人又对我说，现在只有绿林豪杰相当于古时候的剑侠。我于是又向往绿林豪杰了。

说到绿林豪杰，当时我还没曾见过。我只觉得他们不该同平常人一样。他们应该有红胡子、花脸、蓝眼睛，一生气就杀人的，正像在舞台上见到的一些人物一样。这都不是很可怕的吗？但当时却只觉得这样的人物的可爱。这幻想支配着我。晚上，我梦着青面红发的人在我屋里跳。第二天早晨起来，无论是花的早晨，雨的早晨，云气空灵的早晨，蝉声鸣彻的早晨，我总是遇到这老实的中年人。他腻着我告诉他关于剑侠剑仙的故事。我红着脸没有说话，却不告诉他我这新的向往。虽然有点窘，我仍然是愉快的。——在我心里也居然有一个秘密埋着了。

这时候，如火如荼的夏天已经渐渐化入秋的朗远里去。每天早晨到学校去的时候，蝉声和秋的气息紫混在微明的空气里。在学校里听年老的老师大声念古文，回到家里来的时候，就仍然坐在阴暗的屋里一张小桌的旁边，作着琐碎的事情，任窗户把秋的长天，带着星星的长天，和了玉簪花的幽香阑在外面。接连着几天的早晨，我没遇到这中年人。我真有点想他，想他那纯朴的北方农民特有的面孔。我仍然走以前走的那偏僻的路。顶早的早晨仍然是非常寂静。没有什么人走路的。我遇不到这老实的中年人，心里感觉到缺少点什么。我踽踽地独行着，这长长的路就更显得长起来。我问自己：难道他有什么意外的不幸的事情么？

这样也就过了一个多月。等到天更蓝、更高，触目的是一片萧瑟的淡黄色的时候，我心里又给别的东西挤上。这老实的中年人的影子也渐渐消失了。就这样一个萧瑟淡黄的黄昏里，因为有事，我走过一条通到墟子外的古老的石头街。街两边挤满了人，都伸长了脖颈，仿佛期待着什么似的。我也站下来。一问，才知道今天要到墟子外河滩里杀土匪，这使我惊奇。我倒要看看杀人到底是什么样子。不久，就看见刽子手蹒跚地走了过去，背着血痕斑剥的一个包，里面是刀。接着是马队步队。在这一队人的中间是反手缚着的犯人，脸色比蜡还黄。别人是啧啧地说这家伙没种的时候，我却奇怪起来：为什么这人这样像那卖绿豆小米的老实的中年人呢？随着就听到四周的人说：这人怎样在乡里因为没饭吃做了土匪；后来洗了手，避到济南来卖绿豆小米；终于给人发现了捉起来。我的心立刻冰冷了，头嗡嗡地响，我却终于跟了人群到墟子外去，上千上万的人站成了一个圈子。这老实的中年人跪在正中，只见刀一闪，一道红的血光在我眼前一闪。我的眼花了。回看西天的晚霞正在天边上结成了一朵大大的红的花。

这红的花在我眼前晃动。当我回到那阴暗的屋里去的时候，窗户虽然仍然能把秋的长天阑在外面，我的眼仿佛能看透窗户，看到有着星星的夜的天空满是散乱的红的花。我看到已经落净了叶子的树上满开着红的花。红的花又浮到我梦里去，成了橹，成了船，成了花花翅膀的蝴蝶；一直只剩下一片通明的红。第二天早晨上学的时候，冷僻的长长的路上到处泛动着红的影子。在残蝉的声里，我也仿佛听出了红声。小石子的花纹也都转成红的了。

到现在虽然已经过了十多年了，只要我眼花的时候，我仍然能把一切东西看成红的。这红，奇异的红，苦恼着我。我前面不是说，这是粉红色的一段么？我仍然不否认这话。真的，又有谁能否认呢？我只要回忆到这一段，我就能看见自己的微笑，别人的微笑；连周围的东西也都充满了笑意。咧着嘴的大哭里也充满了无量的甜蜜；我就能看见自己的影子，在向大米缸里插手，在凭空击着纸球；我也就能看见这老实的中年的北方农民特有的纯朴的面孔，他向我微笑着说话的样子，只有这中年人使我这粉红色的一段更柔美。也只有他把这粉红色的一段结尾涂上了大红。这红色给我以大的欢喜，它遮盖了一切存在在我的回忆里的影子。但也对我有大威胁，它时常使我战栗。每次我看到红色的东西，我总想到这老实的中年人。——我仿佛还能看到我们俩第一次见面时春的阳光在他脸上跳跃，和最后一瞥里，他脸上的蜡黄。——我应该怜悯他呢？或者，正相反，我应该憎恶他呢？

1934 年 7 月 21 日

重返哥廷根

　　我真是万万没有想到，经过了三十五年的漫长岁月，我又回到这个离开祖国几万里的小城里来了。

　　我坐在从汉堡到哥廷根的火车上，我简直不敢相信这是事实。难道是一个梦吗？我频频问着自己。这当然是非常可笑的，这毕竟就是事实。我脑海里印象历乱，面影纷呈。过去三十多年来没有想到的人，想到了；过去三十多年来没有想到的事，想到了。我那一些尊敬的老师，他们的笑容又呈现在我眼前。我那像母亲一般的女房东，她那慈祥的面容也呈现在我眼前。那个宛宛婴婴的女孩子伊尔穆嘉德，也在我眼前活动起来。那窄窄的街道、街道两旁的铺子、城东小山的密林、密林深处的小咖啡馆、黄叶丛中的小鹿，甚至冬末春初时分从白雪中钻出来的白色小花雪钟，还有很多别的东西，都一齐争先恐后地呈现到我眼前来。一霎时，影像纷乱，我心里也像开了锅似的激烈地动荡起来了。

　　火车一停，我飞也似的跳了下去，踏上了哥廷根的土地。忽然有一首诗涌现出来：

我的心是一面镜子

少小离家老大回，

乡音无改鬓毛衰。

儿童相见不相识，

笑问客从何处来。

　　怎么会涌现这样一首诗呢？我一时有点茫然、懵然。但又立刻意识到，这一座只有十来万人的异域小城，在我的心灵深处，早已成为我的第二故乡了。我曾在这里度过整整十年，是风华正茂的十年。我的足迹印遍了全城的每一寸土地。我曾在这里快乐过，苦恼过，追求过，幻灭过，动摇过，坚持。这一座小城实际上决定了我一生要走的道路。这一切都不可避免地要在我的心灵上打上永不磨灭的烙印。我在下意识中把它看做第二故乡，不是非常自然的吗？

　　我今天重返第二故乡，心里面思绪万端，酸甜苦辣，一齐涌上心头。感情上有一种莫名其妙的重压，压得我喘不过气来，似欣慰，似惆怅，似追悔，似向往。小城几乎没有变。市政厅前广场上矗立的有名的抱鹅女郎的铜像，同三十五年前一模一样。一群鸽子仍然像从前一样在铜像周围徘徊，悠然自得。说不定什么时候一声呼哨，飞上了后面大礼拜堂的尖顶。我仿佛昨天才离开这里，今天又回来了。我们走下地下室，到地下餐厅去吃饭。里面陈设如旧，座位如旧，灯光如旧，气氛如旧。连那年轻的服务员也仿佛是当年的那一位。我仿佛昨天晚上才在这里吃过饭。广场周围的大小铺子都没有变。那几家著名的餐馆，什么"黑熊""少爷餐厅"等等，都还在原地。那两家书店也都还在原地。总之，我看到的一切都同原来一模一样。我真的离开这座小城已经三十五年了吗？

但是，正如中国古人所说的，江山如旧，人物全非。环境没有改变，然而人物却已经大大地改变了。我在火车上回忆到的那一些人，有的如果还活着的话年龄已经过了一百岁。这些人的生死存亡就用不着去问了。那些计算起来还没有这样老的人，我也不敢贸然去问，怕从被问者的嘴里听到我不愿意听的消息。我只绕着弯子问上那么一两句，得到的回答往往不得要领，模糊得很。这不能怪别人，因为我的问题就模糊不清。我现在非常欣赏这种模糊，模糊中包含着希望。可惜就连这种模糊也不能完全遮盖住事实。结果是：

访旧半为鬼，
惊呼热中肠。

我只能在内心里用无声的声音来惊呼了。

在惊呼之余，我仍然坚持怀着沉重的心情去访旧。首先我要去看一看我住过整整十年的房子。我知道，我那母亲般的女房东欧朴尔太太早已离开了人世。但是房子却还存在。那一条整洁的街道依旧整洁如新。从前我经常看到一些老太太用肥皂来洗刷人行道，现在这人行道仍然像是刚才洗刷过似的，躺下去打一个滚，决不会沾上一点尘土。街拐角处那一家食品商店仍然开着，明亮的大玻璃窗子里面陈列着五光十色的食品。主人却不知道已经换了第几代了。我走到我住过的房子外面，抬头向上看，看到三楼我那一间房子的窗户，仍然同以前一样摆满了红红绿绿的花草，当然不是出自欧朴尔太太之手。我蓦地一阵恍惚，仿佛我昨晚才离开，今天又回家来了。我推开大门，大步流星地跑上三楼。我没有用钥匙去开门，因为我意识到，现在里面住的是另外一家人了。从前这座房子的女主人恐怕早已安息在什么墓地里了，墓上大概也栽满了玫瑰花吧。我经常梦见这所房子，梦见房子的女主人，如今却是人去楼空了。我在这里度过的十年中，有愉快，有痛苦，经历过轰炸，忍受过饥饿。男房东逝世后，我多次陪着女房东去扫墓。我这个异邦的青年成了她身边的唯一的亲人，无怪我离开时她嚎啕痛哭。我回国以后，最初若干年，还经常通信。后来时移事变，就断了联系。我曾痴心妄想，还想再见她一面。而今我确实又来到了哥廷根，然而她却再也见不到，永远永远地见不到了。

　　我徘徊在当年天天走过的街头。这里什么地方都有过我的足迹。家家门前的小草坪上依然绿草如茵。今年冬雪来得早了一点。十月中，就下了一场雪。白雪、碧草、红花，相映成趣。鲜艳的花朵赫然傲雪怒放，比春天和夏天似乎还要鲜艳。我在一篇短文《海棠花》里描绘的那海棠花依然威严地站在那里。我忽然回忆起当年的冬天，日暮天阴，雪光照眼，我扶着我的吐火罗文和吠陀语老师西克教授，慢慢地走过十里长街。心里面感到凄清，但又感到温暖。回到祖国以后，每当下雪的时候，我便想到这一位像祖父一般的老人。回首前尘，已经有四十多年了。

我也没有忘记当年几乎每一个礼拜天都到的席勒草坪。它就在小山下面，是进山必由之路。当年我常同中国学生或者德国学生，在席勒草坪散步之后，就沿着弯曲的山径走上山去。曾登上俾斯麦塔，俯瞰哥廷根全城；曾在小咖啡馆里流连忘返；曾在大森林中茅亭下躲避暴雨；曾在深秋时分惊走觅食的小鹿，听它们脚踏落叶一路窸窸窣窣地逃走。甜蜜的回忆是写也写不完的。今天我又来到这里。碧草如旧，亭榭犹新。但是当年年轻的我已颓然一翁，而旧日游侣早已荡若云烟，有的离开了这个世界，有的远走高飞，到地球的另一半去了。此情此景，人非木石，能不感慨万端吗？

　　我在上面讲到江山如旧，人物全非。幸而还没有真正地全非。几十年来我昼思梦想最希望还能见到的人，最希望他们还能活着的人，我的"博士父亲"，瓦尔德施密特教授和夫人居然还都健在。教授已经是八十三岁高龄，夫人比他寿更高，是八十六岁。一别三十五年，今天重又会面，真有相见翻疑梦之感。老教授夫妇显然非常激动，我心里也如波涛翻滚，一时说不出话来。我们围坐在不太亮的电灯光下，杜甫的名句一下子涌上我的心头：

　　　　人生不相见，

　　　　动如参与商。

　　　　今夕复何夕？

　　　　共此灯烛光。

　　四十五年前我初到哥廷根我们初次见面，以及以后长达十年相处的情景，历历展现在眼前。那十年是剧烈动荡的十年，中间插上了一个第二次世界大战，我们没有能过上几天好日子。最初几年，我每次到他们家去吃晚饭时，他那个十几岁的独生儿子都在座。有一次教授同儿子开玩笑："家里有一个中国客人，你明天到学校去又可以张扬吹嘘一番了。"哪里知道，大战一爆发，儿子就被征从军，一年冬天，战死在北欧战场上。这对他们夫妇俩的打击，是无法形容的。不久，教授也被征从军。他心里怎样想，我不好问，他也不好说。看来是默默地忍受痛苦。他预订了剧院的票，到了冬天，剧院开演，他不在家，每周一次陪他夫人看戏的任务，就落到我肩上。深夜，演出结束后，我要走很长的道路，把师母送到他们山下林边的家中，然后再摸黑走回自己的住处。在很长的时间内，他们那一座漂亮的三层楼房里，只住着师母一个人。

他们的处境如此，我的处境更要糟糕。烽火连年，家书亿金。我的祖国在受难，我的全家老老小小在受难，我自己也在受难。中夜枕上，思绪翻腾，往往彻夜不眠。而且头上有飞机轰炸，肚子里没有食品充饥。做梦就梦到祖国的花生米。有一次我下乡去帮助农民摘苹果，报酬是几个苹果和五斤土豆。回家后一顿就把五斤土豆吃了个精光，还并无饱意。

大概有六七年的时间，情况就是这个样子。我的学习、写论文、参加口试、获得学位，就是在这种情况下进行的。教授每次回家度假，都听我的汇报，看我的论文，提出他的意见。今天我会的这一点点东西，哪一点不包含着教授的心血呢？不管我今天的成就还是多么微小，如果不是他怀着毫不利己的心情对我这一个素昧平生的异邦的青年加以诱掖教导的话，我能够有什么成就呢？所有这一切我能够忘记得了吗？

现在我们又会面了。会面的地方不是在我所熟悉的那一所房子里，而是在一所豪华的养老院里。别人告诉我，他已经把房子赠给哥廷根大学印度学和佛教研究所，把汽车卖掉，搬到这一所养老院里来了。院里富丽堂皇，应有尽有，健身房、游泳池，无不齐备。据说，饭食也很好。但是，说句不好听的话，到这里来的人都是七老八十的人，多半行动不便。对他们来说，健身房和游泳池实际上等于聋子的耳朵。他们不是来健身，而是来等死的。头一天晚上还在一起吃饭、聊天，第二天早晨说不定就有人见了上帝。一个人生活在这样的环境中，心情如何，概可想见。话又说了回来，教授夫妇孤苦伶仃，不到这里来，又到哪里去呢？

就是在这样一个地方，教授又见到了自己几十年没有见面的弟子。他的心情是多么激动，又是多么高兴，我无法加以描绘。我一下汽车就看到在高大明亮的玻璃门里面，教授端端正正地坐在圈椅上。他可能已经等了很久，正望眼欲穿哩。他瞪着慈祥昏花的双目瞧着我，仿佛想用目光把我吞了下去。握手时，他的手有点颤抖。他的夫人更是老态龙钟，耳朵聋，头摇摆不停，同三十多年前完全判若两人了。师母还专为我烹制了当年我在她家常吃的食品。两位老人齐声说："让我们好好地聊一聊老哥廷根的老生活吧！"他们现在大概只能用回忆来填充日常生活了。我问老教授还要不要中国关于佛教的书，他反问我："那些东西对我还有什么用呢？"我又问他正在写什么东西。他说："我想整理一下以前的旧稿；我想，不久就要打住了！"从一些细小的事情上来看，老两口的意见还是有一些矛盾的。看来这相依为命的一双老人的生活是阴沉的、郁闷的。在他们前面，正如鲁迅在《过客》中所写的那样："前面？前面，是坟。"

我心里陡然凄凉起来。老教授毕生勤奋，著作等身，名扬四海，受人尊敬，老年就这样度过吗？我今天来到这里，显然给他们带来了极大的快乐。一旦我离开这里，他们又将怎样呢？可是，我能永远在这里呆下去吗？我真有点依依难舍，尽量想多呆些时候。但是，千里凉棚，没有不散的筵席。我站起来，想告辞离开。老教授带着乞求的目光说："才十点多钟，时间还早嘛！"我只好重又坐下。最后到了深夜，我狠了狠心，向他们说了声："夜安！"站起来，告辞出门。老教授一直把我送下楼，送到汽车旁边，样子是难舍难分。此时我心潮翻滚，我明确地意识到，这是我们最后一面了。但是，为了安慰他，或者欺骗他，也为了安慰我自己，或者欺骗我自己，我脱口说了一句话："过一两年，我再回来看你！"声音从自己嘴里传到自己耳朵，显得空荡、虚伪，然而却又真诚。这真诚感动了老教授，他脸上现出了笑容："你可是答应了我了，过一两年再回来！"我还有什么话好说呢？我噙着眼泪，钻进了汽车。汽车开走时，回头看到老教授还站在那里，一动也不动，活像是一座塑像。

过了两天，我就离开了哥廷根。我乘上了一列开到另一个城市去的火车。坐在车上，同来时一样，我眼前又是面影迷离，错综纷杂。我这两天见到的一切人和物，一一奔凑到我的眼前来；只是比来时在火车上看到的影子清晰多了，具体多了。在这些迷离错乱的面影中，有一个特别清晰、特别具体、特别突出，它就是我在前天夜里看到的那一座塑像。愿这一座塑像永远停留在我的眼前，永远停留在我的心中。

1980 年 11 月在西德开始

1987 年 10 月在北京写完

当时只道是寻常

这是一句非常明白易懂的话，却道出了几乎人人都有的感觉。所谓"当时"者，指人生过去的某一个阶段。处在这个阶段中时，觉得过日子也不过如此，是很寻常的。过了十几二十年或者更长的时间，回头一看，当时实在有不寻常者在。因此有人，特别是老年人，喜欢在回忆中生活。

在中国，这种情况更比较突出，魏晋时代的人喜欢做羲皇上人。这是一种什么心理呢？"鸡犬之声相闻，而老死不相往来"，真就那么好吗？人类最初不会种地，只是采集植物，猎获动物，以此为生。生活是十分艰苦的。这样的生活有什么可向往的呢！

然而，根据我个人的经验，发思古之幽情，几乎是每个人都有的。到了今天，沧海桑田，世界有多少次巨大的变化。人们思古的情绪却依然没变。我举一个具体的例子。十几年前，我重访了我曾待过十年的德国哥廷根。我的老师瓦尔德施密特教授夫妇都还健在。但已今非昔比，房子捐给梵学研究所，汽车也已卖掉。他们只有一个独生子，二战中阵亡。此时老夫妇二人孤零零地住在一座十分豪华的养老院里。院里设备十分齐全，游泳池、网球场等等一应俱全。但是，这些设备对七八十岁、八九十岁的老人有什么用处呢？让老人们触目惊心的是，每隔一段时间就有某一个房号空了出来，主人见上帝去了。这对老人们的刺激之大是不言而喻的。我的来临大出教授的意料，他简直有点喜不自胜的意味。夫人摆出了当年我在哥廷根时常吃的点心。教授仿佛返老还童，回到了当年去了。他笑着说："让我们好好地过一过当年过的日子，说一说当年常说的话！"我含着眼泪离开了教授夫妇，嘴里说着连自己都不相信的话："过几年，我还会来看你们的。"

我的德国老师不会懂"当时只道是寻常"的隐含的意蕴，但是古今中外人士所共有的这种怀旧追忆的情绪却是有的。这种情绪通过我上面描述的情况完全流露出来了。

仔细分析起来，"当时"是很不相同的。国王有国王的"当时"，有钱人有有钱人的"当时"，平头老百姓有平头老百姓的"当时"。在李煜眼中，"当时"是"车如流水马如龙，花月正春风"游上林苑的"当时"。对此，他没有别的办法，只有哀叹"天上人间"了。

我不想对这个概念再进行过多的分析。本来是明明白白的一点真理，过多的分析反而会使它迷离模糊起来。我现在想对自己提出一个怪问题：你对我们的现在，也就是眼前这个现在，感觉到是寻常呢还是不寻常？这个"现在"，若干年后也会成为"当时"的。到了那时候，我们会不会说"当时只道是寻常"呢？现在无法预言。现在我住在医院中，享受极高的待遇。应该说，没有什么不满足的地方。但是，倘若扪心自问："你认为是寻常呢，还是不寻常？"我真有点说不出，也许只有到了若干年后，我才能说："当时只道是寻常。"

2003 年 6 月 20 日

我的怀旧观

　　《怀旧集》这个书名我曾经想用过，这就是现在已经出版了的《万泉集》。因为集中的文章怀念旧人者颇多。我记忆的丝缕又挂到了一些已经逝世的师友身上，感触极多。我因此想到了《昭明文选》中潘安仁的《怀旧赋》中的文句："宵展转而不寐，骤长叹以达晨；独郁结其谁语，聊缀思于斯文。"我把那一个集子定名为《怀旧集》。但是，原来应允出版的出版社提出了异议："怀旧"这个词儿太沉闷，太不响亮，会影响书的销路，劝我改一改。我那时候出书还不能像现在这样到处开绿灯。我出书心切，连忙巴结出版社，立即遵命改名，由《怀旧》改为《万泉》。然而出版社并不赏脸，最终还是把稿子退回，一甩了之。

　　这一段公案应该说是并不怎样愉快。好在我的《万泉集》换了一个出版社出版了，社会反应还并不坏。我慢慢地就把这一件事忘记了。

　　最近，出我意料之外，北大出版社的老友张文定先生一天忽然对我说："你最近写的几篇悼念或者怀念旧人的文章，情真意切，很能感动人，能否收集在一起，专门出一个集子？"他随便举了一个例子，就是悼念胡乔木同志的文章。他这个建议过去我没有敢想过，然而实获我心。我首先表示同意，立即又想到：《怀旧集》这个名字可以复活了，岂不大可喜哉！

怀旧是一种什么情绪，或感情，或心理状态呢？我还没有读到过古今中外任何学人给它下的定义。恐怕这个定义是非常难下的。根据我个人的想法，古往今来，天底下的万事万物，包括人和动植物，总在不停地变化着，总前进着。既然前进，留在后面的人或物，或人生的一个阶段，就会变成旧的，怀念这样的人或物，或人生的一个阶段，就是怀旧。人类有一个缺点或优点，常常觉得过去的好，旧的好，古代好，觉得当时天比现在要明朗，太阳比现在要光辉，花草树木比现在要翠绿，总之，一切比现在都要好，于是就怀，就"发思古之幽情"，这就是怀旧。

但是，根据常识，也并不是一切旧人、旧物都值得怀。有的旧人，有的旧事，就并不值得去怀。有时一想到，简直就令人作呕，弃之不暇，哪里还能怀呢？也并不是每一次怀人或者怀事都能写成文章。感情过分地激动，过分悲哀，一想到，心里就会流血，到了此时，文章无论如何是写不出来的。这个道理并不难懂，每个人一想就会明白的。

同绝大多数的人一样，我是一个非常平常的人。人的七情六欲，我一应俱全。尽管我有不少的缺点，也做过一些错事；但是，我从来没有故意伤害别人；如有必要，我还伸出将伯之手。因此，不管我打算多么谦虚，我仍然把自己归入好人一类，我是一个"性情中人"。我对亲人，对朋友，怀有真挚的感情。这种感情看似平常，但实际上却非常不平常。我生平颇遇到一些人，对人毫无感情。我有时候难免有一些腹诽，我甚至想用一个听起来非常刺耳的词儿来形容这种人：没有"人味"。按说，既然是个人，就应当有"人味"。然而，我积八十年之经验，深知情况并非如此。"人味"，岂易言哉！岂易言哉！

怀旧就是有"人味"的一种表现，而有"人味"是有很高的报酬的：怀旧能净化人的灵魂。亲故老友逝去了，或者离开自己远了。但是，他们身上那一些优良的品质，离开自己越远，时间越久，越能闪出异样的光芒。它仿佛成为一面镜子，在照亮着自己，在砥砺着自己。怀这样的旧人，在惆怅中感到幸福，在苦涩中感到甜美。这不是很高的报酬吗？对逝去者的怀念，更能激发起我们"后死者"的责任感。先死者固然能让我们哀伤，后死者更值得同情，他们身上的心灵上的担子更沉重。死者已矣，他们不知不觉了。后死者却还活着，他们能知能觉。先死者的遗志要我们去实现，他们没有完成的工作要我们去做。即使有时候难免有点想懈怠一下，休息一下。但一想到先人的声音笑貌，立即会振奋起来。这样的怀旧，报酬难道还不够高吗？

古代希腊哲人说，悲剧能净化（katharsis）人们的灵魂。我看，怀旧也同样能净化人们的灵魂。这一种净化的形式，比悲剧更深刻，更深入灵魂。

这就是我的怀旧观。

我庆幸我能怀旧，我庆幸我的"人味"支持我怀旧，我庆幸我的《怀旧集》这个书名在含冤蒙尘十几年以后又得以重见天日，我乐而为之序。

1994 年 10 月 22 日

（标题为编者所拟，原题为《〈怀旧集〉自序》）

一双长满老茧的手

有谁没有手呢？每个人都有两只手。手，已经平凡到让人不再常常感觉到它的存在了。

然而，一天黄昏，当我乘公共汽车从城里回家的时候，一双长满了老茧的手却强烈地引起了我的注意。我最初只是坐在那里，看着一张晚报。在有意无意之间，我的眼光偶尔一滑，正巧落在一位老妇人的一双长满老茧的手上。我的心立刻震动了一下，眼光不由得就顺着这双手向上看去：先看到两手之间的一个胀得圆圆的布包；然后看到一件洗得挺干净的褪了色的蓝布褂子；再往上是一张饱经风霜布满了皱纹的脸，长着一双和善慈祥的眼睛；最后是包在头上的白手巾，银丝般的白发从里面披散下来。这一切都给了我极好的印象。但是给我印象最深的还是那一双长满了老茧的手，它像吸铁石一般吸住了我的眼光。

老妇人正在同一位青年学生谈话，她谈到她是从乡下来看她在北京读书的儿子的，谈到乡下年成的好坏，谈到来到这里人生地疏，感谢青年对她的帮助。听着她的话，我不由深深地陷入回忆中，几十年的往事蓦地涌上心头。

在故乡的初秋，秋庄稼早已经熟透了，一望无际的大平原上长满了谷子、高粱、老玉米、黄豆、绿豆等等，郁郁苍苍，一片绿色，里面点缀着一片片的金黄和星星点点的浅红和深红。虽然暑热还没有退尽，秋的气息已经弥漫大地了。

我当时只有五六岁，高粱比我的身子高一倍还多。我走进高粱地，就像是走进大森林，只能从密叶的间隙看到上面的蓝天。我天天早晨在朝露未退的时候到这里来擗高粱叶。叶子上的露水像一颗颗的珍珠，闪出淡白的光。把眼睛凑上去仔细看，竟能在里面看到自己的缩得像一粒芝麻那样小的面影，心里感到十分新鲜有趣。老玉米也比我高得多，必须踮起脚才能摘到棒子。谷子同我差不多高，现在都成熟了，风一吹，就涌起一片金浪。只有黄豆和绿豆比我矮，我走在里面，觉得很爽朗，一点也不闷气，颇有趾高气扬之概。

因此，我就最喜欢帮助大人在豆子地里干活。我当时除了跟大奶奶去玩以外，总是整天缠住母亲，她走到哪里，我跟到哪里。有时候，在做午饭以前，她到地里去摘绿豆荚，好把豆粒剥出来，拿回家去煮午饭。我也跟了来。这时候正接近中午，天高云淡，蝉声四起，蝈蝈儿也爬上高枝，纵声欢唱，空气中飘拂着一股淡淡的草香和泥土的香味。太阳晒到身上，虽然还有点热，但带给人暖烘烘的舒服的感觉，不像盛夏那样令人难以忍受了。

在这时候，我的兴致是十分高的。我跟在母亲身后，跑来跑去。捉到一只蚱蜢，要拿给她看一看；掐到一朵野花，也要拿给她看一看。棒子上长了乌霉，我觉得奇怪，一定问母亲为什么；有的豆荚生得短而粗，也要追问原因。总之，这一片豆子地就是我的乐园，我说话像百灵鸟，跑起来像羚羊，腿和嘴一刻也不停。干起活来，更是全神贯注，总想用最高的速度摘下最多的绿豆荚来。但是，一检查成绩，却未免令人气短：母亲的筐子里已经满了，而自己的呢，连一半还不到哩。在失望之余，就细心加以观察和研究。不久，我就发现，这里面也并没有什么奥妙，关键就在母亲那一双长满了老茧的手上。

这一双手看起来很粗，由于多年劳动，上面长满了老茧，可是摘起豆荚来，却显得十分灵巧迅速。这是我以前没有注意到的事情。在我小小的心灵里不禁有点困惑。我注视着它，久久不愿意把眼光移开。

我当时岁数还小，经历的事情不多。我还没能把许多同我的生活有密切联系的事情都同这一双手联系起来，譬如说做饭、洗衣服、打水、种菜、养猪、喂鸡，如此等等。我当然更没能读到"慈母手中线，游子身上衣"这样的诗句。但是，从那以后，这一双长满了老茧的手却在我的心里占据了一个重要的地位，留下了一个不可磨灭的印象。

后来大了几岁，我离开母亲，到了城里跟叔父去念书，代替母亲照顾我的生活的是王妈，她也是一位老人。

她原来也是乡下人，干了半辈子庄稼活。后来丈夫死了，儿子又逃荒到关外去，二十年来，音讯全无。她孤苦伶仃，一个人在乡里活不下去，只好到城里来谋生。我叔父就把她请到我们家里来帮忙。做饭、洗衣服、扫地、擦桌子，家里那一些琐琐碎碎的活全给

　　　　　我的心是一面镜子

她一个人包下来了。

王妈除了从早到晚干那一些刻板工作以外，每年还有一些带季节性的工作。每到夏末秋初，正当夜来香开花的时候，她就搓麻线，准备纳鞋底，给我们做鞋。干这活都是在晚上。这时候，大家都吃过了晚饭，坐在院子里乘凉，在星光下，黑暗中，随意说着闲话。我仰面躺在席子上，透过海棠树的杂乱枝叶的空隙，看到夜空里眨着眼的星星。大而圆的蜘蛛网的影子隐隐约约地印在灰暗的天幕上。不时有一颗流星在天空中飞过，拖着长长的火焰尾巴，只是那么一闪，就消逝到黑暗里去。一切都是这样静。在寂静中，夜来香正散发着浓烈的香气。

这正是王妈搓麻线的时候。干这个活本来是听不到多少声音的。然而现在那揉搓的声音却听得清清楚楚。这就不能不引起我的注意了。我转过身来，侧着身子躺在那里，借着从窗子里流出来的微弱的灯光，看着她搓。最令我吃惊的是她那一双手，上面也长满了老茧。这一双手看上去拙笨得很，十个指头又短又粗，像是一些老干树枝子。但是，在这时候，它却显得异常灵巧美丽。那些杂乱无章的麻在它的摆布下，服服帖帖，要长就长，要短就短，一点也不敢违抗。这使我感到十分有趣。这一双手左旋右转，只见它搓呀搓呀，一刻也不停，仿佛想把夜来香的香气也都搓进麻线里似的。

这样一双手我是熟悉的，它同母亲的那一双手是多么相像呀。我总想多看上几眼。看着看着，不知道在什么时候，竟沉沉睡去了。到了深夜，王妈就把我抱到屋里去，同她睡在一张床上。半夜醒来，还听到她手里拿着大芭蕉扇给我赶蚊子。在朦朦胧胧中，扇子的声音听起来好像是从很远很远的地方传来似的。

去年秋天，我随着学校里的一些同志到附近乡村里一个人民公社去参加劳动。同样是秋天，但是这秋天同我五六岁时在家乡摘绿豆荚时的秋天大不一样。天仿佛特别蓝，草和泥土也仿佛特别香，人的心情当然也就特别舒畅了。——因此，我们干活都特别带劲。人民公社的同志们知道我们这一群白面书生干不了什么重活，只让我们砍老玉米秸。但是，就算是砍老玉米秸吧，我们干起来，仍然是缩手缩脚，一点也不利落。于是一位老大娘就走上前来，热心地教我们：怎样抓玉米秆，怎样下刀砍。在这时候，我注意到，她也有一双长满了老茧的手。我虽然同她素昧平生，但是她这一双手就生动地具体地说明了她的历史。我用不着再探询她的姓名、身世，还有她现在在公社所担负的职务。我一看到这一双手，一想到母亲和王妈的同样的手，我对她的感情就油然而生，而且肃然起敬，再说什么别的话，似乎就是多余的了。

就这样，在公共汽车行驶声中，我的回忆围绕着一双长满了老茧的手联成一条线，从几十年前，一直牵到现在，集中到坐在我眼前的这一位老妇人的手上。这回忆像是一团丝，愈抽愈细，愈抽愈多。它甜蜜而痛苦，错乱而清晰。在我一生中给我印象最深的三双长满了老茧的手，现在似乎重叠起来化成一双手了。它在我眼前不停地晃动，体积愈来愈扩大，形象愈来愈清晰。

这时候，老妇人同青年学生似乎发生了什么争执。我抬头一看：老妇人正从包袱里掏出来了两个煮鸡蛋，硬往青年学生手里塞，青年学生无论如何也不接受。两个人你推我让，正在争执得不可开交的时候，公共汽车到了站，蓦地停住了。青年学生就扶了老妇人走下车去。我透过玻璃窗，看到青年学生用手扶着老妇人的一只胳臂，慢慢地向前走去。我久久注视着他俩逐渐消失的背影。我虽然仍坐在公共汽车上，但是我的心却仿佛离我而去。

1961 年 9 月 25 日

难走的，都是上坡路

过去有人讲笑话，说除臭虫最好的办法不是这药那药，
而是"勤捉"。其中有朴素的真理。

《我和外国语言》

道路终于找到了

在哥廷根，我要走的道路终于找到了，我指的是梵文的学习。这条道路，我已经走了将近六十年，今后还将走下去，直到不能走路的时候。

这条道路同哥廷根大学是分不开的。因此我在这里要讲讲大学。

我在上面已经对大学介绍了几句，因为，要想介绍哥廷根，就必须介绍大学。我们甚至可以说，哥廷根之所以成为哥廷根，就是因为有这一所大学。这所大学创建于中世纪，至今已有几百年的历史，是欧洲较为古老的大学之一。它共有五个学院：哲学院、理学院、法学院、神学院、医学院。一直没有一座统一的建筑，没有一座统一的大楼。各个学院分布在全城各个角落，研究所更是分散得很，许多大街小巷，都有大学的研究所。学生宿舍更没有大规模的。小部分学生住在各自的学生会中，绝大部分分住在老百姓家中。行政中心叫 Aula，楼下是教学和行政部门。楼上是哥廷根科学院。文法学科上课的地方有两个：一个叫大讲堂（Auditorium），一个叫研究班大楼（Seminargebäude）。白天，大街上走的人中有一大部分是到各地上课的男女大学生。熙熙攘攘，煞是热闹。

在历史上，大学出过许多名人。德国最伟大的数学家高斯（Gauss），就是这个大学的教授。在高斯以后，这里还出过许多大数学家。从19世纪末起，一直到我去的时候，这里公认是世界数学中心。当时当代最伟大的数学家大卫·希尔伯特（David Hilbert）虽已退休，但还健在。他对中国学生特别友好。我曾在一家书店里遇到过他，他走上前来，跟我打招呼。除了数学以外，理科学科中的物理、化学、天文、气象、地质等，教授阵容都极强大。有几位诺贝尔奖金获得者，在这里任教。蜚声全球的化学家A.温道斯（Windaus）就是其中之一。

文科教授的阵容，同样也是强大的。在德国文学史和学术史上占有重要地位的格林兄弟，都在哥廷根大学呆过。他们的童话流行全世界，在中国也可以说是家喻户晓。他们的大字典，一百多年以后才由许多德国专家编纂完成，成为德国语言研究中的一件大事。

哥廷根大学文理科的情况大体就是这样。

在这样一座面积虽不大但对我这样一个异域青年来说仍然像迷宫一样的大学城里，要想找到有关的机构，找到上课的地方，实际上是并不容易的。如果没有人协助、引路，那就会迷失方向。我三生有幸，找到了这样一个引路人，这就是章用。章用的父亲是鼎鼎大名的"老虎总长"章士钊。外祖父是在朝鲜统兵抗日的吴长庆。母亲是吴弱男，曾做过孙中山的秘书，名字见于钱基博的《现代中国文学史》。总之，他出身于世家大族，书香名门。但却同我在柏林见到的那些"衙内"完全不同，一点纨绔习气也没有。他毋宁说是有点孤高自赏，一身书生气。他家学渊源，对中国古典文献有湛深造诣，能写古文，作旧诗。却偏又喜爱数学，于是来到了哥廷根这个世界数学中心，读博士学位。我到的时候，他已经在这里住了五六年，老母吴弱男陪儿子住在这里。哥廷根中国留学生本来只有三四人。章用脾气孤傲，不同他们来往。我因从小喜好杂学，读过不少的中国古典诗词，对文学、艺术、宗教等有自己的一套看法。乐森璕先生介绍我认识了章用，经过几次短暂的谈话，简直可以说是一见如故，情投意合。他也许认为我同那些言语乏味，面目可憎的中国留学生迥乎不同，所以立即垂青，心心相印。他赠过一首诗：

> 空谷足音一识君
> 相期诗伯苦相薰
> 体裁新旧同尝试
> 胎息中西沐见闻
> 胸宿赋才徕物与
> 气嘘大笔发清芬
> 千金敝帚孰轻重
> 后世凭猜定小文

可见他的心情。我也认为，像章用这样的人，在柏林中国饭馆里面是绝对找不到的。所以也很乐于同他亲近。章伯母有一次对我说："你来了以后，章用简直像变了一个人。他平常是绝对不去拜访人的，现在一到你家，就老是不回来。"我初到哥廷根，陪我奔波全城，到大学教务处，到研究所，到市政府，到医生家里，等等，注册选课，办理手续的，就是章用。他穿着那一身黑色的旧大衣，动摇着瘦削不高的身躯，陪我到处走。此情此景，至今宛然如在眼前。

他带我走熟了哥廷根的路；但我自己要走的道路还没能找到。

我在上面提到，初到哥廷根时，就有意学习古代文字。但这只是一种朦朦胧胧的想法，究竟要学习哪一种古文字，自己并不清楚。在柏林时，汪殿华曾劝我学习希腊文和拉丁文，认为这是当时祖国所需要的。到了哥廷根以后，同章用谈到这个问题，他劝我只读希腊文，如果兼读拉丁文，两年时间来不及。在德国中学里，要读八年拉丁文，六年希腊文。文科中学毕业的学生，个个精通这两种欧洲古典语言，我们中国学生完全无法同他们在这方面竞争。我经过初步考虑，听从了他的意见。第一学期选课，就以希腊文为主。德国大学是绝对自由的。只要中学毕业，就可以愿意入哪个大学，就入哪个，不懂什么叫入学考试。入学以后，愿意入哪个系，就入哪个；愿意改系，随时可改；愿意选多少课，选什么课，悉听尊便；学文科的可以选医学、神学的课；也可以只选一门课，或者选十门、八门。上课时，愿意上就上，不愿意上就走；迟到早退，完全自由。从来没有课堂考试。有的课开课时需要教授签字，这叫开课前的报到（Anmeldung），学生就拿课程登记簿（Studienbuch）请教授签；有的在结束时还需要教授签字，这叫课程结束时的教授签字（Abmeldung）。此时，学生与教授可以说是没有多少关系。有的学生，初入大学时，一学年，或者甚至一学期换一个大学。几经转学，二三年以后，选中了自己满意的大学，满意的系科，这时才安定住下，同教授接触，请求参加他的研究班，经过一两个研究班，师生互相了解了，教授认为孺子可教，才给博士论文题目。再经过几年努力写作，教授满意了，就举行论文口试答辩，及格后，就能拿到博士学位。在德国，是教授说了算，什么院长、校长、部长都无权干预教授的决定。如果一个学生不想作论文，决没有人强迫他。只要自己有钱，他可以十年八年地念下去。这就叫作"永恒的学生"（Ewiger Student），是一种全世界所无的稀有动物。

我就是在这样一种绝对自由的气氛中，在第一学期选了希腊文。另外又杂七杂八地选了许多课，每天上课六小时。我的用意是练习听德文，并不想学习什么东西。

我选课虽然以希腊文为主，但是学习情绪时高时低，始终并不坚定。第一堂课印象就不好。1935 年 12 月 5 日日记中写道：

> 上了课，Rabbow 的声音太低，我简直听不懂。他也不问我，如坐针毡，难过极了。下了课走回家来的时候，痛苦啃着我的心——我在哥廷根做的唯一的美丽的梦，就是学希腊文。然而，照今天的样子看来，学希腊文又成了一种绝大的痛苦。我岂不将要一无所成了吗？

日记中这样动摇的记载还有多处，可见信心之不坚。其间，我还自学了一段时间的拉丁文。最有趣的是，有一次自己居然想学古埃及文。心情之混乱可见一斑。

这都说明，我还没有找到要走的路。

至于梵文，我在国内读书时，就曾动过学习的念头。但当时国内没有人教梵文，所以愿望没有能实现。来到哥廷根，认识了一位学冶金学的中国留学生湖南人龙丕炎（范禹），他主攻科技，不知道为什么却学习过两个学期的梵文。我来到时，他已经不学了，就把自己用的施滕茨勒（Stenzler）著的一本梵文语法送给了我。我同章用也谈过学梵文的问题，他鼓励我学。于是，在我选择道路徘徊踟蹰的混乱中，又增加了一层混乱。幸而这混乱只是暂时的，不久就从混乱的阴霾中流露出来了阳光。12月16日日记中写道：

> 我又想到我终于非读Sanskrit（梵文）不行。中国文化受印度文化的影响太大了。我要对中印文化关系彻底研究一下，或能有所发明。在德国能把想学的几种文字学好，也就不虚此行了，尤其是Sanskrit，回国后再想学，不但没有那样的机会，也没有那样的人。

第二天的日记中又写道：

> 我又想到Sanskrit，我左想右想，觉得非学不行。

1936年1月2日的日记中写道：

> 仍然决意读Sanskrit。自己兴趣之易变，使自己都有点吃惊了。决意读希腊文的时候，自己发誓而且希望，这次不要再变

了，而且自己也坚信不会再变了，但终于又变了。我现在仍然发誓而且希望不要再变了。再变下去，会一无所成的。不知道Schicksal（命运）可能允许我这次坚定我的信念吗？

我这次的发誓和希望没有落空，命运允许我坚定了我的信念。

我毕生要走的道路终于找到了，我沿着这一条道路一走走了半个多世纪，一直走到现在，而且还要走下去。

哥廷根实际上是学习梵文最理想的地方。除了上面说到的城市幽静，风光旖旎之外，哥廷根大学有悠久的研究梵文和比较语言学的传统。19世纪上半叶研究《五卷书》的一个转译本《卡里来和迪木乃》的大家、比较文学史学的创建者本发伊（T. Benfey）就曾在这里任教。19世纪末弗朗茨·基尔霍恩（Franz Kielhorn）在此地任梵文教授。接替他的是海尔曼·奥尔登堡（Hermann Oldenberg）教授。奥尔登堡教授的继任人是读通吐火罗文残卷的大师西克教授。1935年，西克退休，瓦尔德施密特接掌梵文讲座。这正是我到哥廷根的时候。被印度学者誉为活着的最伟大的梵文家雅可布·瓦克尔纳格尔（Jakob Wackernagel）曾在比较语言学系任教。真可谓梵学天空，群星灿列。再加上大学图书馆，历史极久，规模极大，藏书极富，名声极高，梵文藏书甲德国，据说都是基尔霍恩从印度搜罗到的。这样的条件，在德国当时，是无与伦比的。

我决心既下，1936年春季开始的那一学期，我选了梵文。4月2日，我到高斯—韦伯楼东方研究所去上第一课。这是一座非常古老的建筑。当年大数学家高斯和大物理学家韦伯（Weber）试验他们发明的电报，就在这座房子里，它因此名扬全球。楼下是埃及学研究室，巴比伦、亚述、阿拉伯文研究室。楼上是斯拉夫语研究室，波斯、土耳其语研究室和梵文研究室。梵文课就在研究室里上。这是瓦尔德施密特教授第一次上课，也是我第一次同他会面。他看起来非常年轻。他是柏林大学梵学大师海因里希·吕德斯（Heinrich Lüders）的学生，是研究新疆出土的梵文佛典残卷的专家，虽然年轻，已经在世界梵文学界颇有名声。可是选梵文课的却只有我一个学生，而且还是外国人。虽然只有一个学生，他仍然认真严肃地讲课，一直讲到四点才下课。这就是我梵文学习的开始。研究所有一个小图书馆，册数不到一万，然而对一个初学者来说，却是应有尽有。最珍贵的是奥尔登堡的那一套上百册的德国和世界各国梵文学者寄给他的论文汇集，分门别类，装订成册，大小不等，语言各异。如果自己去搜集，那是无论如何也不会这样齐全的，因为有的杂志非常冷僻，到大图书馆都不一定能查到。在临街的一面墙上，在镜框里贴着德国梵文学家的照片，有三四十人之多。从中可见德国梵学之盛。这是德国学术界十分值得骄傲的地方。

　　我从此就天天到这个研究所来。

　　我从此就找到了我真正想走的道路。

学习吐火罗文

　　我在上面曾讲到偶然性，我也经常想到偶然性。一个人一生中不能没有偶然性，偶然性能给人招灾，也能给人造福。

　　我学习吐火罗文，就与偶然性有关。

　　说句老实话，我到哥廷根以前，没有听说过什么吐火罗文。到了哥廷根以后，读通了吐火罗文的大师西克就在眼前，我也还没有想到学习吐火罗文。原因其实是很简单的。我要学三个系，已经选了那么多课程，学了那么多语言，已经是超负荷了。我是有自知之明的（有时候我觉得过了头），我学外语的才能不能说一点都没有，但是决非语言天才。我不敢在超负荷上再超负荷。而且我还想到，我是中国人，到了外国，我就代表中国。我学习砸了锅，丢个人的脸是小事，丢国家的脸却是大事，决不能掉以轻心。因此，我随时警告自己：自己的摊子已经铺得够大了，决不能再扩大了。这就是我当时的想法。

　　但是，正如我在上面已经讲到的，第二次世界大战一爆发，瓦尔德施密特被征从军，西克出来代理他。老人家一定要把自己的拿手好戏统统传给我。他早已越过古稀之年。难道他不知道教书的辛苦吗？难道他不知道在家里颐养天年会更舒服吗？但又为什么这样自找苦吃呢？我猜想，除了个人感情因素之外，他是以学术为天下之公器，想把自己的绝学传授给我这个异域的青年，让印度学和吐火罗学在中国生根开花。难道这里面还有某一些极"左"的先生们所说的什么侵略的险恶用心吗？中国佛教史上有不少传法、传授衣钵的佳话，什么半夜里秘密传授，什么有其他弟子嫉妒，等等，我当时都没有碰到，大概是因为时移事迁今非昔比了吧。倒是最近我碰到了一件类似这样的事情。说来话长，不讲也罢。

总之，西克教授提出了要教我吐火罗文，丝毫没有征询意见的意味，他也不留给我任何考虑的余地。他提出了意见，立刻安排时间，马上就要上课。我真是深深地被感动了，除了感激之外，还能有什么话说呢？我下定决心，扩大自己的摊子，"舍命陪君子"了。

能够到哥廷根来跟这一位世界权威学习吐火罗文，是世界上许多学者的共同愿望。多少人因为得不到这样的机会而自怨自艾。我现在是近水楼台，是为许多人所艳羡的。这一点我是非常清楚的。我要是不学，实在是难以理解的。正在西克给我开课的时候，比利时的一位治赫梯文的专家沃尔特·古勿勒（Walter Couvreur）来到哥廷根，想从西克教授治吐火罗文。时机正好，于是一个吐火罗文特别班就开办起来了。大学的课程表上并没有这样一门课，而且只有两个学生，还都是外国人，真是一个特别班。可是西克并不马虎。以他那耄耋之年，每周有几次从城东的家中穿过全城，走到高斯—韦伯楼来上课，精神矍铄，腰板挺直，不拿手杖，不戴眼镜，他本身简直就是一个奇迹。走这样远的路，却从来没有人陪他。他无儿无女，家里没有人陪，学校里当然更不管这些事。尊老的概念，在西方国家，几乎根本没有。西方社会是实用主义的社会。一个人对社会有用，他就有价值；一旦没用，价值立消。没有人认为其中有什么不妥之处。因此西克教授对自己的处境也就安之若素，处之泰然了。

吐火罗文残卷只有中国新疆才有。原来世界上没有人懂这种语言，是西克和西克灵在比较语言学家 W. 舒尔策（W. Schulze）帮助下，读通了的。他们三人合著的吐火罗语语法，蜚声全球士林，是这门新学问的经典著作。但是，这一部长达五百一十八页的煌煌巨著，却决非一般的入门之书，而是异常难读的。它就像是一片原始森林，艰险复杂，歧路极多，没有人引导，自己想钻进去，是极为困难的。读通这一种语言的大师，当然就是最理想的引路人。西克教吐火罗文，用的也是德国的传统方法，这一点我在上面已经谈到过。他根本不讲解语法，而是从直接读原文开始。我们一起头就读他同他的伙伴西克灵共同转写成拉丁字母、连同原卷影印本一起出版的吐火罗文残卷——西克经常称之为"精制品"（Prachtstück）的《福力太子因缘经》。我们自己在下面翻读文法，查索引，译生词；到了课堂上，我同古勿勒轮流译成德文，西克加以纠正。这工作是异常艰苦的。原文残卷残缺不全，没有一页是完整的，连一行完整的都没有，虽然是"精制品"，也只是相对而言，这里缺几个字，那里缺几个音节。不补足就抠不出意思，而补足也只能是以意为之，不一定有很大的把握。结果是西克先生讲的多，我们讲的少。读贝叶残卷，补足所缺的单词儿或者音节，一整套做法，我就是在吐火罗文课堂上学到的。我学习的兴趣日益浓烈，每周两次上课，我不但不以为苦，有时候甚至有望穿秋水之感了。

不知道为什么原因，我回忆当时的情景，总是同积雪载途的漫长的冬天联系起来。有一天，下课以后，黄昏已经提前降临到人间，因为天阴，又由于灯火管制，大街上已经完全陷入一团黑暗中。我扶着老人走下楼梯，走出大门。十里长街积雪已深，阒无一人。周围静得令人发怵，脚下响起了我们踏雪的声音，眼中闪耀着积雪的银光。好像宇宙间就只剩下我们师徒二人。我怕老师摔倒，紧紧地扶住了他，就这样一直把他送到家。我生平可以回忆值得回忆的事情，多如牛毛。但是这一件小事却牢牢地印在我的记忆里。每一回忆就感到一阵凄清中的温暖，成为我回忆的"保留节目"。然而至今已时移境迁，当时认为是细微小事，今生今世却决无可能重演了。

同这一件小事相联的，还有一件小事。哥廷根大学的教授们有一个颇为古老的传统：星期六下午，约上二三同好，到山上林中去散步，边走边谈，谈的也多半是学术问题；有时候也有争论，甚至争得面红耳赤。此时大自然的旖旎风光，在这些教授心目中早已不复存在了，他们关心的还是自己的学问。不管怎样，这些教授在林中漫游倦了，也许找一个咖啡馆，坐下喝点什么，吃点什么。然后兴尽回城。有一个星期六的下午，我在山下散步，逢巧遇到西克先生和其他几位教授正要上山。我连忙向他们致敬。西克先生立刻把我叫到眼前，向其他几位介绍说："他刚通过博士论文答辩，是最优等。"言下颇有点得意之色。我真是既感且愧。我自己那一点学习成绩，实在是微不足道，然而老人竟这样赞誉，真使我不安了。中国唐诗中杨敬之诗："平生不解藏人善，到处逢人说项斯。""说项"传为美谈，不意于万里之外的异域见之。除了砥砺之外，我还有什么好说呢？

有一次，我发下宏愿大誓，要给老人增加点营养，给老人一点欢悦。要想做到这一点，只有从自己的少得可怜的食品分配中硬挤。我大概有一两个月没有吃奶油，忘记了是从哪里弄到的面粉和贵似金蛋的鸡蛋，以及一斤白糖，到一个最有名的糕点店里，请他们烤一个蛋糕。这无疑是一件极其贵重的礼物，我像捧着一个宝盒一样把蛋糕捧到老教授家里。这显然有点出他意料，他的双手有点颤抖，叫来了老伴，共同接了过去，连"谢谢"二字都说不出来了。这当然会在我腹中饥饿之火上又加上了一把火。然而我心里是愉快的，成为我一生最愉快的回忆之一。

等到美国兵攻入哥廷根以后，炮声一停，我就到西克先生家去看他。他的住房附近落了一颗炮弹，是美军从城西向城东放的。他的夫人告诉我，炮弹爆炸时，他正伏案读有关吐火罗文的书籍，窗子上的玻璃全被炸碎，玻璃片落满了一桌子，他奇迹般地竟然没有受任何一点伤。我听了以后，真不禁后怕起来了。然而对这一位把研读吐火罗文置于性命之上的老人，我的崇敬之情在内心里像大海波涛一样汹涌澎湃起来。西克先生的个人成就，德国学者的辉煌成就，难道是没有原因的吗？从这一件小事中我们可以学习多少东西呢？同其他一些有关西克先生的小事一样，这一件也使我毕生难忘。

我拉拉杂杂地回忆了一些我学习吐火罗文的情况。我把这归之于偶然性。这是对的，但还有点不够全面。偶然性往往与必然性相结合。在这里有没有必然性呢？不管怎样，我总是学了这一种语言，而且把学到的知识带回到中国。尽管我始终没有把吐火罗文当做主业，它只是我的副业，中间还由于种种原因我几乎有三十年没有搞，只是由于另外一个偶然性我才又重理旧业；但是，这一种语言的研究在中国毕竟算生了根，开花结果是必然的结果。一想到这一点，我对我这一位像祖父般的老师的怀念之情和感激之情，便油然而生。

现在西克教授早已离开人世，我自己也年届耄耋，能工作的日子有限了。但是，一想我的老师西克先生，我的干劲就无限腾涌。中国的吐火罗学，再扩大一点说，中国的印度学，现在可以说是已经奠了基。我们有一批朝气蓬勃的中青年梵文学者，是金克木先生和我的学生和学生的学生，当然也可以说是西克教授和瓦尔德施密特教授学生的学生的学生。他们将肩负起繁荣这一门学问的重任，我深信不疑。一想到这一点，我虽老迈昏庸，又不禁有一股清新的朝气涌上心头。

假若我再上一次大学

"假若我再上一次大学"，多少年来我曾反复思考过这个问题。我曾一度得到两个截然相反的答案：一个是最好不要再上大学，"知识越多越反动"，我实在心有余悸。一个是仍然要上，而且偏偏还要学现在学的这一套。后一个想法最终占了上风，一直到现在。

我为什么还要上大学而又偏偏要学现在这一套呢？没有什么堂皇的理由。我只不过觉得，我走过的这一条道路，对己，对人，都还有点好处而已。我搞的这一套东西，对普通人来说，简直像天书，似乎无利于国计民生。然而世界上所有的科技先进国家，都有梵文、巴利文以及佛教经典的研究，而且取得了辉煌的成绩。这一套冷僻的东西与先进的科学技术之间，真似乎有某种联系。其中消息耐人寻味。

我们不是提出了弘扬祖国优秀文化，发扬爱国主义吗？这一套天书确实能同这两句口号挂上钩，我举一个具体的例子。日本梵文研究的泰斗中村元博士在给我的散文集日译本《中国知识人的精神史》写的序中说到，中国的南亚研究原来是相当落后的。可是近几年来，突然出现了一批中年专家，写出了一些水平较高的作品，让日本学者有"攻其不备"之感。这是几句非常有意思的话。实际上，中国梵学学者同日本同行们的关系是十分友好的。我们一没有"攻"，二没有争，只有坐在冷板凳上辛苦耕耘。有了一点成绩，日本学者看在眼里，想在心里，觉得过去对中国南亚研究的评价过时了。我觉得，这里面既包含着"弘扬"，也包含着"发扬"。怎么能说，我们这一套无补于国计民生呢？

话说远了，还是回来谈我们的本题。

我的大学生活是比较长的：在中国念了四年，在德国哥廷根大学又念了五年，才获得学位。我在上面所说的"这一套"就是在国外学到的。我在国内时，对"这一套"就有兴趣。但苦无机会。到了哥廷根大学，终于找到了机会，我简直如鱼得水，到现在已经坚持学习了将近六十年。如果马克思不急于召唤我，我还要坚持学下去的。

如果想让我谈一谈在上大学期间我收获最大的是什么，那是并不困难的。在德国学习期间有两件事情是我毕生难忘的，这两件事都与我的博士论文有关联。

我想有必要在这里先谈一谈德国的与博士论文有关的制度。当我在德国学习的时候，德国并没有规定学习的年限。只要你有钱，你可以无限期地学习下去。德国有一个词儿是别的国家没有的，这就是"永恒的学生"。德国大学没有空洞的"毕业"这个概念，只有博士论文写成，口试通过，拿到博士学位，这才算是毕了业。

写博士论文也有一个形式上简单而实则极严格的过程，一切决定于教授。在德国大学里，学术问题是教授说了算。德国大学没有入学考试，只要高中毕业，就可以进入任何大学。德国学生往往是先入几个大学，过了一段时间以后，自己认为某个大学、某个教授，对自己最适合，于是才安定下来，在一个大学，从某一位教授学习。先听教授的课，后参加他的研讨班。最后教授认为你"孺子可教"，才会给你一个博士论文题目。再经过几年的努力，收集资料，写出论文提纲，经过教授过目。论文写成的年限没有规定，至少也要三四年，长则漫无限制。拿到题目十年八年写不出论文，也不是稀见的事。所有这一切都决定于教授，院长、校长无权过问。写论文，他们强调一个"新"字，没有新见解，就不必写文章。见解不论大小，唯新是图。论文题目不怕小，就怕不新。我个人觉得，这是非常重要的一点。只有这样，学术才能"日日新"，才能有进步。否则满篇陈言，东抄西抄，饾饤拼凑，尽是冷饭。虽洋洋数十甚至数百万言，除了浪费纸张、浪费读者的精力以外，还能有什么效益呢？

我拿到博士论文题目的过程，基本上也是这样。我拿到了一个有关佛教混合梵语的题目。用了三年的时间，搜集资料，写成卡片，又到处搜寻有关图书，翻阅书籍和杂志，大约看了总有一百多种书刊。然后整理资料，使之条理化、系统化，写出提纲，最后写成文章。

我个人心里琢磨：怎样才能向教授露一手儿呢？我觉得那几千张卡片虽然抄写得好像蜜蜂采蜜，极为辛苦；然而却是干巴巴的，没有什么文采，或者无法表现文采。于是我想在论文一开始就写上一篇"导言"，这既能炫学，又能表现文采。真是一举两得的绝妙主意，我照此办理。费了很长的时间，写成一篇相当长的"导言"。我自我感觉良好，心里美滋滋的。认为教授一定会大为欣赏，说不定还会夸上几句哩。我先把"导言"送给教授看,回家做着美妙的梦。我等呀,等呀,终于等到教授要见我,我怀着走上领奖台的心情,见到了教授。然而却使我大吃一惊。教授在我的"导言"前画上了一个前括号,在最后画上了一个后括号,笑着对我说:"这篇导言统统不要!你这里面全是华而不实的空话,一点新东西也没有!别人要攻击你,到处都是暴露点,一点防御也没有!"对我来说,这真如晴天霹雳,打得我一时说不上话来。但是,经过自己的反思,我深深地感觉到,教授这一棍打得好,我毕生受用不尽。

第二件事情是,论文完成以后,口试接着通过,学位拿到了手。论文需要从头到尾认真核对,不但要核对从卡片上抄入论文的篇、章、字、句,而且要核对所有引用过的书籍、报刊(注:应为"纸")和杂志。要知道,在三年以内,我从大学图书馆,甚至从柏林的普鲁士图书馆,借过大量的书籍和报刊,耗费了大量的时间。当时就感到十分烦腻。现在再在短期内,把这样多的书籍重新借上一遍,心里要多腻味就多腻味。然而老师的教导不能不遵行,只有硬着头皮,耐住性子,一本一本地借,一本一本地查。把论文中引用的大量出处重新核对一遍,不让它发生任何一点错误。

后来我发现,德国学者写好一本书或者一篇文章,在读校样的时候,都是用这种办法来一一仔细核对。一个研究室里的人,往往都参加看校样的工作。每人一份校样,也可以协议分工。他们是以集体的力量,来保证不出错误。这个法子看起来极笨,然而除此以外,还能有"聪明的"办法吗?德国书中的错误之少,是举世闻名的。有的极为复杂的书竟能一个错误都没有,连标点符号都包括在里面。读过校样的人都知道，能做到这一步，是非常非常不容易的。德国人为什么能做到呢？他们并非都是超人的天才，他们比别人高出一头的诀窍就在于他们的"笨"。我想改几句中国古书上的话："德国人其智可及也，其笨（愚）不可及也。"

反观我们中国的学术界，情况则颇有不同。在这里有几种情况。中国学者博闻强记，世所艳称。背诵的本领更令人吃惊。过去有人能背诵四书五经，据说还能倒背。写文章时，用不着去查书，顺手写出，即成文章。但是记忆力会时不时出点问题的。中国近代一些大学者的著作，若加以细致核对，也往往有引书出错的情况。这是出上乘的错。等而下之，作者往往图省事，抄别人的文章时，也不去核对，于是写出的文章经不起核对。这是责任心不强，学术良心不够的表现。还有更坏的就是胡抄一气。只要书籍文章能够印出，哪管他什么读者！名利到手，一切不顾。我国的书评工作又远远跟不上。即使发现了问题，也往往"为贤者讳"怕得罪人，一声不吭。在我们当前的学术界，这种情况能说是稀少吗？我希望我们的学术界能痛改这种极端恶劣的作风。

我上了九年大学，在德国学习时，我自己认为收获最大的就是以上两点。也许有人会认为这卑之无甚高论。我不去争辩。我现在年届耄耋，如果年轻的学人不弃老朽，问我有什么话要对他们讲，我就讲这两点。

1991 年 5 月 5 日写于北京大学

我和外国语言

　　我学外国语言是从英文开始的。当时只有十岁，是高小一年级的学生。现在回忆起来，英文大概还不是正式课程，是在夜校中学习的。时间好像并不长，只记得晚上下课后，走过一片芍药栏，当然是在春天里，其他情节都记不清楚了。

　　当时最使我苦恼的是所谓"动词"，to be 和 to have 一点也没有动的意思呀，为什么竟然叫做动词呢？我问过老师，老师说不清楚，问其他的人，当然更没有人说得清楚了。一直到很晚很晚，我才知道，把英文 verb（拉丁文 verbum）译为"动词"是不够确切的，容易给初学西方语言的小学生造成误会。

　　我万万没有想到，学了一点英语，小学毕业后报考中学时竟然派上了用场。考试的其他课程和情况，现在完全记不清楚了。英文出的是汉译英，只有三句话："我新得到了一本书，已经读了几页，但是有几个字我不认识。"我大概是译出来了，只是"已经"这个字我还没有学过，当时颇伤脑筋，耿耿于怀者若干时日。我报考小学时，曾经因为认识一个"骡"字，被破格编入高小一年级。比我年纪大的一个亲戚，因为不认识这个字，被编入初小三年级。一个字给我争取了一年。现在又因为译出了这几句话，被编入春季始业的一个班，占了半年的便宜。如果我也不认识那个"骠"字，或者我在小学没有学英文，则我从那以后的学历都将推迟一年半，不知道会产生什么样的后果。人生中偶然出现的小事往往起很大的作用，难道不是非常清楚吗？不相信这一点是不行的。

在中学时，英文列入正式课程。在我两年半的初中阶段，英文课是怎样进行的，我已经忘记了。我只记得课本是《泰西五十轶事》《天方夜谈》《莎氏乐府本事》（*Tales form Shakespeare*）、Washington Irving 的《拊掌录》（*Sketch Book*），好像还念过 Macaulay 的文章。老师的姓名都记不清楚了。只记得，初中毕业后，因为是春季始业，又在原中学念了半年高中。在这半年中，英文教员是郑又桥先生。他给我留下了深刻难忘的印象。听口音，他是南方人。英文水平很高，发音很好，教学也很努力。只是他有吸鸦片的习惯，早晨起得很晚，往往上课铃声响了以后，还不见先生来临。班长不得不到他的住处去催请。他有一个很特别的习惯，学生的英文作文，他不按原文来修改，而是在开头处画一个前括弧，在结尾处画一个后括弧，说明整篇文章作废，他自己重新写一篇文章。这样，学生得不到多少东西，而他自己则非常辛苦，改一本卷子，恐怕要费很多时间。别人觉得很怪，他却乐此不疲。对这样一位老师是不大容易忘掉的。过了 20 年以后，当我经过了高中、大学、教书、留学等等阶段，从欧洲回到济南时，我访问了我的母校，几乎所有以前的老师都已离开了人世，只有郑又桥先生一个人孤零零地住在临大明湖的高楼上。我见到他，我们俩彼此都非常激动，这实在是我万万没有想到的事。他住的地方，南望千佛山影，北望大明湖十里碧波，风景绝佳。可是这一位孤独的老人似乎并不能欣赏这绝妙的景色。从那以后，我再没有见到他，想他早已经不在人世了。

我们那一些十几岁的中学生也并不老实。来一个新教员，我们往往要试他一试，看他的本领如何。这大概也算是一种少年心理吧。我们当然想不出什么高招来"测试"教员。有一年换了一位英文教员，我们都觉得他不怎么样。于是在字典里找了一个短语 by the by。其实这也不是多么稀见的短语，可我们当时从来没有读到过，觉得很深奥，就拿去问老师。老师没有回答出来，脸上颇有愧色。我们一走，他大概是查了字典，下一次见到我们，说："你们大概是从字典上查来的吧？"我们笑而不答。幸亏这一位老师颇为宽宏大量，以后他并没有对我们打击报复。

在这时候，我除了在学校里念英文外，还在每天晚上到尚实英文学社去学习。校长叫冯鹏展，是广东人，说一口带广东腔的蓝青官话。他住的房子非常大，前面一进院子是学社占用。后面的大院子是他全家所居。前院有四五间教室，按年级分班。教我的老师除了冯老师以外，还有钮威如老师、陈鹤巢老师。钮老师满脸胡须，身体肥胖，用英文教我们历史。陈老师则是翩翩佳公子，衣饰华美。看来这几个老师英文水平都不差，教学也都努力。每到秋天，我能听到从后院传来的蟋蟀的鸣声。原来冯老师最喜欢养蟋蟀，山东人名之曰蛐蛐儿，嗜之若命，每每不惜重金，购买佳种。我自己当时也养蛐蛐，常常随同院里的大孩子到荒山野外蔓草丛中去捉蛐蛐，捉到了一只好的，则大喜若狂。我当然没有钱来买好的，只不过随便玩玩而已。冯老师却肯花大钱，据说斗蛐蛐有时也下很大的赌注，不是随便玩玩的。

在这里用的英文教科书已经不能全部回忆出来。只有一本我忆念难忘，这就是 Nesfield 的文法，我们称之为《纳氏文法》，当时我觉得非常艰深，因而对它非常崇拜。到了后来，我才知道，这是英国人专门写了供殖民地人民学习英文之用的。不管怎样，这一本书给我提供了很多有用的资料。像这样内容丰富的语法，我以后还没有见过。

尚实英文学社，我上了多久，已经记不起来，大概总有几年之久。学习的成绩我也说不出来，大概还是非常有用的。到了我到北园白鹤庄去上山东大学附设高中的时候，我在班上英文程度已经名列榜首。当时教英文的教员共有三位，一位姓刘，名字忘了，只记得他的绰号，一个非常不雅的绰号。另一位姓尤名桐。第三位姓和名都忘了，这一位很不受学生欢迎。我们闹了一次小小的学潮：考试都交白卷，把他赶走了。我当时是班长，颇伤了一些脑筋。刘、尤两位老师却都受到了学生的尊敬，师生关系一直是非常好的。

在北园高中，开始学了点德文。老师姓孙，名字忘记了。他长得宽额方脸，嘴上留着两撇像德皇威廉第二世的胡须，除了鼻子不够高以外，简直像是一个德国人。我们用的课本是山东济宁天主教堂编的书，实在很不像样子，他就用这个本子教我们。他是胶东口音，估计他在德国占领青岛时在一个德国什么洋行里干过活，学会了德文。但是他的德文实在不高明，特别是发音更为蹩脚。他把 gut

这个字念成"古吃"。有一次上堂时他满面怒容，说有人笑话他的发音。我心里想，那个人并没有错，然而孙老师却忿忿然，义形于色。他德文虽不高明却颇为风雅，他自己出钱印过一册十七字诗，比如有一首是嘲笑一只眼的人：

> 发配到云阳，
>
> 见舅如见娘，
>
> 两人齐下泪，
>
> 三行！

诸如此类，是中国民间文学的一种形式，严格地说就是民间蹩脚文人的创作，足证我们孙老师的欣赏水平并不怎样高。总之，我们似乎只念了一学期德文，我的德文只学会了几个单词儿，并没有学好，也不可能学好。

到了1928年，日寇占领了济南，我失学一年。从1929年夏天起，我入了山东省立济南高中，据说是当时山东全省唯一的一所高中。此时名义上是国民党统治，但是实权却多次变换，有时候，仍然掌握在地方军阀手中。比起山东大学附设高中来，多少有了一些新气象。《书经》《诗经》不再念了，作文都用白话文，从前是写古文的。我在这里念了一年书，国文教员个个都给我的印象很深，因为都是当时文坛上的名人。但英文教员却都记不清楚了。高中最后一年用的什么教本我也记不起来了。可能是《格里弗游记》之类。我还能清晰地回忆起来的是几次英文作文。我记得有一次作文题目是讲我们学校。我在作文中描绘了学校的大门外斜坡，大门内向上走的通道，以及后面图书馆所在的楼房。自己颇为得意，也得到了老师的高度赞扬。我们的英文课一直用汉语进行，我们既不大能说，也不大能听。这是当时山东中学里一个普遍的缺点，同京、沪、津一些名牌中学比较起来，我们显然处于劣势。这大大地影响了考入名牌大学的命中率。

此时已经到了1930年的夏天，我从高中毕业了。我断断续续学习英语已经十年了，还学了一点德文。要问有什么经验没有呢？应该有一点，但并不多。曾有一度，我想把整部英文字典背过。以为这样一来，就再没有不认识的字了。我确实也下过工夫去背，但持续了一段时间之后，我就觉得有好多字实在太冷僻没有用处，于是采用另外一种办法：凡是在字典上查过的字都用红铅笔在字下画一横线，表示这个字查过了。但是过了不久，又查到这个字。说明自己忘记了。这个办法有一点用处，它可以给我敲一下警钟：查过的字怎么又查呢？可是有的字一连查过几遍还是记不住，说明警钟也不大理想。现在的中学生要比我们当时聪明得多，他们恐怕不会来背字典了。阿门！加上阿弥陀佛！

不管怎么样，高中毕业了。下一步是到北京投考大学。山东有一所山东大学，但是本省的学生都是这山望着那山高，不大愿意报考本省的大学，一定要"进京赶考"。我们这一届高中有八十多个毕业生，几乎都到了北京。当年报考名牌大学，其困难程度要远远超过今天。拿北大、清华来说，录取的学生恐怕不到报名的十分之一。据说有一个山东老乡报考北大、清华，考过四次，都名落孙山。

我们考的那一年是第五次了，名次并不比孙山高。看榜后，神经顿时错乱，走到西山，昏迷漫游了四五天，才清醒过来，回到城里，从此回乡，再也不考大学了。

入学考试，英文是必须考的。以讲英语出名的清华，英文题出的并不难，只有一篇作文，题目忘记了。另外有一篇改错之类的东西。不以讲英语著名的北大出的题目却非常难，作文之外有一篇汉译英，题目是李后主的词：

别来春半，触目愁肠断，砌下落梅如雪乱，拂了一身还满。

有的同学连中文原文都不十分了解，更何况译成英文！顺便说一句，北大的国文作文题也非常古怪，那一年的题目是"何谓科学方法，试分析详论之"。这样一个题目也很够一个中学毕业生作的。但是北大古怪之处还不在这里。各门学科考完之后，忽然宣布要加试英文听写（dictation），这对我们实在是当头一棒。我们在中学没有听过英文。我大概由于单词记得多了一点，只要能听懂几个单词儿，就有办法了。记得老师念的是一段寓言。其中有狐狸，有鸡，只有一个字 suffer，我临阵惊慌，听懂了，但没有写对。其余大概都对了。考完之后，山东同学面带惊慌之色，奔走相告，几乎完全是丈二和尚摸不着头脑。大家都知道，这一加试，录取的希望就十分渺茫了。

我很侥幸，北大、清华都录取了。当时处心积虑是想出国留洋。在这方面，清华比北大条件要好。我决定入清华西洋文学系。这一个系有一套详细的教学计划，课程有古希腊拉丁文学、中世纪文学、文艺复兴文学、英国浪漫诗人、近代长篇小说、文艺评论、莎士比亚、欧洲文学史等。教授有中国人、英国人、美国人、德国人、波兰人、法国人、俄国人，但统统用英文讲授。我在前面已经谈到，我们中学没有听英文的练习。教大一英文的是美国小姐毕莲女士（Miss Bille）。头几堂课，我只听到她咽喉里咕噜咕噜地发出声音，"剪不断，理还乱"，却一点也听不清单词。我在中学曾以英文自负，到了此时却落到这般地步，不啻当头一棒，悲观失望了好多天，幸而逐渐听出了个别的单词，仿佛能"剪断"了，大概不过用了几个礼拜，终于大体听懂了，算是渡过了学英文的生平第一难关。

清华有一个古怪的规定：学英、德、法三种语言之一，从第一年 X 语，学到第四年 X 语者，谓之 X 语专门化（specialized in X）。实际上法语、德语完全不能同英语等量齐观。法语、德语都是从字母学起，教授都用英语讲授，而所谓第一年英语一开始就念 Jane Austin 的 *Pride and Prejudice*。其余所有的课也都用英语讲授。所以这三个专门化是十分不平等的。

我选的是德语专门化，就是说，学了四年德语。从表面上来看，四年得了八个 E（Excellent，最高分，清华分数是五级制），但实际上水平并不高。教第一年和第二年德语的是当时北京大学德文系主任杨丙辰（震文）教授。他在德国学习多年，德文大概是好的，曾翻译了一些德国古典名著，比如席勒的《强盗》等等。他对学生也从来不摆教授架子，平易近人，常请学生吃饭。但是作为一个教员，他却是一个极端不负责任的教员。他教课从字母教起，教第一个字母 a 时，说："a 是丹田里的一口气。"初听之下，也还新鲜。但 b、c、d 等等，都是丹田里的一口气，学生就窃窃私议了："我们不管它是否是丹田里的几口气。我们只想把音发得准确。"从此，"丹田里的一口气"就传为笑谈。

杨老师家庭生活也非常有趣。他是北京大学的系主任，工资相当高，推算起来，可能有现在教授的十几倍。不过在北洋军阀时期，常常拖欠工资，国民党统治前期，稍微好一点，到了后期，什么法币、什么银元券、什么金元券一来，钞票几乎等于手纸，教授们的生活就够呛了。杨老师据说兼五个大学的教授，每月收入可达上千元银元。我在大学念书时，每月饭费只需六元，就可以吃得很好了。可见他的生活是相当优裕的。他在北大沙滩附近有一处大房子，服务人员有一群，太太年轻貌美，天天晚上看戏捧戏子，一看就知道，他们是一个非常离奇的结合。杨老师的人生观也很离奇，他信一些奇怪的东西，更推崇佛家的"四大皆空"。把他的人生哲学应用到教学上就是极端不负责任，游戏人间，逢场作戏而已。他打分数，也是极端不负责任。我们一交卷，他连看都不看，立刻把分数写在卷子上。有一次，一个姓陈的同学，因为脾气黏黏糊糊，交了卷，站着不走。杨老师说："你嫌少吗？"立即把 S（superior，第二级）改为 E。

我就是在这样的情况下学习德语的。高中时期孙老师教的那一点德语早已交还了老师，杨老师又是这样来教，可见我的德语基础是很脆弱的。第二年仍然由他来教，前两年可以说是轻松愉快，但不踏实。

第三年是石坦安先生（Von den Steinen，德国人）教，他比较认真，要求比较严格，因此这年学了不少的东西。第四年换了艾克（G. Ecke，号锷风，德国人）。他又是一个马马虎虎的先生。他工资很高，又独身一人，在城里租了一座王府居住。他自己住在银安殿上，仆从则住在前面一个大院子里。他搜集了不少的中国古代名画。他在德国学的是艺术史，因此对艺术很有兴趣，也懂行。他曾在厦门大学教过书，鲁迅的著作中曾提到过他。他用德文写过一部《中国的宝塔》，在国外学术界颇得好评。但是作为一个德语教员，则只能算是一个蹩脚的教员。他对教书心不在焉。他平常用英文讲授，有一次我们曾请求他用德语讲，他立刻哇啦哇啦讲一通德语，其快如悬河泻水，最后用德语问我们，"Verstehen Sie etwas davon？"我们摇摇头，想说："Wir verstehen nichts davon."但说不出来，只好还说英语。他说道："既然你们听不懂，我还是用英语讲吧！"我们虽不同意，然而如哑子吃黄连，有苦说不出。课程就照旧进行下去了。

但是他对我却产生了极大的影响。他喜欢德国古典诗歌，最喜欢 Hölderlin 和 Plateno。我受了他的影响，也喜欢起 Hölderlin 来。我的学士论文 *The Early Poems of Hölderlin*，就是在他的影响下写的，他是指导教授。当时我大概对 Hölderlin 不会了解得太多，太深。论文的内容我记不清楚了，恐怕是非常肤浅的。我当时的经济情况很困难，有一次写了几篇文章，拿了点稿费，特别向德国订购了 Hölderlin 的豪华本的全集，此书我珍藏至今，念了一些，但不甚了了。

除了英文和德文外，我还选了法文。教员是德国小姐 Madmoiselle

Holland，中文名叫华兰德。当时她已发白如雪，大概很有一把子年纪了。因为是独身，性情有些反常，有点乖戾，要用医学术语来说，她恐怕患了迫害狂。在课堂上专以骂人为乐。如果学生的答卷非常完美，她挑不出毛病来借端骂人，她的火气就更大，简直要勃然大怒。最初选课的人很多，过了没有多久，就被她骂走了一多半。只剩下我们几个不怕骂的仍然留下，其中有华罗庚同志。有一次把我们骂得实在火了，我们商量了一下，对她予以反击，结果大出意料，她屈服了，从此天下太平。她还特意邀请我们到她的住处（现在北大南门外的军机处）去吃了一顿饭。可见师徒间已经化干戈为玉帛，揖让进退，海宇澄清了。

我还旁听过俄文课。教员是一个白俄，名字好像是陈作福，个子极高，一个中国人站在他身后，从前面看什么都看不见。他既不会英文，也不会汉文，只好被迫用现在很时髦的"直接教学法"，然而结果并不理想，我只听到讲 Скажите пожалуйста（请您说！），其余则不甚了了。我旁听的兴趣越来越低，终于不再听了。大概只学了一些生词和若干句话，我第一次学习俄语的过程就此结束了。

我上面谈到，我虽然号称德文专门化，然而学习并不好。可是我偏偏得了四年高分。当我 1934 年毕业后，不得已而回到母校济南高中当了一年国文教员。之后，清华与德国学术交流处订立了交换研究生的合同，我报名应考，结果被录取了。我当年舍北大而趋清华的如意算盘终于真正实现了，我能到德国去留学了。对我来说，这真是天大的喜事。

可是我的德文水平不高，我看书大概是没有问题的，听、说则全无训练。到了德国，吃了德国面包，也无法立刻改变。我到德国学术交流处去报到的时候，一个女秘书含笑对我说："Lange Reise！"（长途旅行呀！）我愣里愣怔，竟没有听懂。我留在柏林，天天到柏林大学外国语学院专为外国人开的德文班去学习了六周，到了深秋时分，我被分配到 Göttingen（哥廷根）大学去学习。我对于这个在世界上颇为著名的大学什么都不清楚。第一学期，我还没有能决定究竟学习哪一个学科。我随便选了一些课，因为交换研究生选课不用付钱，所以我尽量多选，我每天要听课六七小时。选的课我不一定都有兴趣，我也不能全部听懂。我的目的其实是通过选课听课提高自己的听的能力。我当时听德语的水平非常低，以前从来没有听过，这情况我在上面已经谈过。解放后，我们的外语教育，不管还有多少不能令人满意的地方，其水平和认真的态度是解放前无论如何也比不上的，这一点现在的青年不一定都清楚。因此我在这里说上几句。

我还利用另一种方式来提高自己的听说能力，这就是同我的女房东谈话。德国大学没有学生宿舍，学生住宿的问题学校根本不管，学生都住民房。我的女房东有一些文化水平，但不高。她喜欢说话，唠唠叨叨，每天晚上到我屋里来收拾床铺，她都要说上一大套，把一天的经过都说一遍。别人大概都不爱听，我却是求之不得，正好利用这个机会来练习听力。我的女房东可以说是一位很好的德文教员，可惜我既不付报酬，她自己也不知道讨报酬，她成了我的义务教员。

到了第二学期，我偶然看到 Prof. Waldschmidt 开梵文课的告示。我大喜过望，立刻选了这一门课。我在清华大学时，曾经想学梵文，但没有老师教，只好作罢。现在有了这样一个机会，我怎能放过呢？学生只有三个：一个乡村里的牧师，一个历史系的学生。Waldschmidt 的教学方法是德国通常使用的。德国 19 世纪一位语言学家主张，教学生外语，比如教学生游泳，把学生带到游泳池旁，一下子把他推下去，如果淹不死，他就学会游泳了。具体的办法是：尽快让学生自己阅读原文，语法由学生自己去钻，不在课堂上讲解。这种办法对学生要求很高。短短的两节课往往要准备上一天，其效果我认为是好的：学生的积极性完全调动起来了。他要同原文硬碰硬，不能依赖老师，他要自己解决语法问题。只有实在解不通时，教授才加以辅导。这个问题我在别的地方讲过，这里不再详细叙述了。

德国大学有一个奇特的规定：要想考哲学博士学位，必须选三个系，一个主系，两个副系。对我来说，主系是梵文，这是已经定了的。副系一个是英文，这可以减轻我的负担。至于第三个系，则费了一番周折。有一个时期，我曾经想把阿拉伯语作为我的副系。我学习了大约三个学期的阿拉伯语。从第二学期开始就念《古兰经》。我很喜欢这一部经典，语言简练典雅，不像佛经那样累赘重复，语法也并不难。但是在念过两个学期以后，我忽然又改变了想法，我想拿斯拉夫语言作为我的第二副系。按照德国大学的规定，拿斯拉夫语作副系，必须学习两种斯拉夫语言，只有一种不行。于是我在俄文之外，又选了南斯拉夫语。

教俄文的老师是一个曾在俄国居住过的德国人，俄文等于是他的母语。他的教法同其他德国教员一样，是采用把学生推入游泳池的办法。俄文每周两次，每次两小时，德国的学期短，然而我们却在第一学期内，读完了一册俄文教科书，其中有单词、语法和简单的会话，又念完果戈理的小说《鼻子》。我最初念《鼻子》的时候，俄文语法还没有学多少，只好硬着头皮翻字典。往往是一个字的前一半字典上能查到，后一半则不知所云，因为后一半是表变位或变格变化的。而这些东西，我完全不清楚，往往一个上午只能查上两行，其痛苦可知。但是不知怎么一来，好像做梦一般，在一个学期内，我毕竟把《鼻子》全念完了。下学期念契诃夫的剧本《万尼亚舅舅》的时候，我觉得轻松多了。

南斯拉夫语由主任教授 Prof. Braun 亲自讲授。他只让我看了一本简单的语法，立即进入阅读原文的阶段。有了学习俄文的经验，我拼命翻字典。南斯拉夫语同俄文很相近，只在发音方面有自己的特点，有升调和降调之别。在欧洲语言中，这是很特殊的。我之所以学南斯拉夫语，完全是为了应付考试。我的兴趣并不大，可以说也没有学好。大概念了两个学期，就算结束了。

谈到梵文，这是我的主系，必须全力以赴。我上面已经说过，Waldschmidt 教授的教学方法也同样是德国式的。我们选用了 Stenzler 的教科书。我个人认为，这是一本非常优秀的教科书。篇幅并不多，但是应有尽有。梵文语法以艰深复杂著称，有一些语法规则简直烦琐古怪到令人吃惊的地步。这些东西当然不是哪一个人硬制定出来的，而是历史发展自然形成的，利用比较语言学的方法都能解释得通。Stenzler 在薄薄的一本语法书中竟能把这些古怪的语法规则的主要组成部分收容进来，是一件十分不容易做好的工作。这一本书前一部分是语法，后一部分是练习。练习上面都注明了相应的语法章节。做练习时，先要自己读那些语法，教授并不讲解，一上课就翻译那些练习。第二学期开始念《摩诃婆罗多》中的《那罗传》。听说，欧美许多大学都是用这种方式。到了高年级，梵文课就改称 Seminar，由教授选一部原著，学生课下准备，上堂就翻译。新疆出土的古代佛典残卷，也是在 Seminar 中读的。这种 Seminar 制看似平淡无奇，实际上是训练学生做研究工作的一个最好的方式。比如，读古代佛典残卷时就学习了怎样来处理那些断简残篇，怎样整理，怎样阐释，连使用的符号都能学到。

至于巴利文，虽然是一门独立的课程，但教授根本不讲，连最基本的语法也不讲。他只选一部巴利文的佛经，比如《法句经》之类，一上堂就念原书，其余的语法问题，梵巴音变规律，词汇问题，都由学生自己去解决。

念到第三年上，我已经拿到了博士论文的题目，此时第二次世界大战已经正式爆发。我的教授被征从军。他的前任 Prof. E. Sieg 老教授又出来承担授课的任务。当时他已经有七八十岁了，但身体还很硬朗，人也非常和蔼可亲，简直像一个老祖父。他对上课似乎非常感兴趣。一上堂，他就告诉我，他平生研究三种东西，《梨俱吠陀》、古代梵文语法和吐火罗文，他都要教给我。他似乎认为我一定同意，连征求意见的口气都没有，就这样定下来了。

我想在这里顺便谈一点感想。在那极"左"思潮横行的年代里，把世间极其复杂的事物都简单化为一个公式：在资产阶级国家里学习过的人或者没有学习过的人，都成了资产阶级。至于那些国家的教授更不用说了。他们教什么东西，宣传什么东西，必定有政治目的，具体地讲，就是侵略和扩张。他们决不会怀有什么好意的。Sieg教我这些东西也必然是为他们的政治服务的，为侵略和扩张服务的。帝国主义的侵略扩张政策，谁也否认不掉。但是不是他们的学者在任何时间任何地方都为这个政策服务呢？我以为不是这样。像Sieg这样的老人，不顾自己年老体衰，一定要把他的"绝招"教给一个异域的青年，究竟为了什么？我当时学习任务已经够重，我只想消化已学过的东西，并不想再学习多少新东西。然而，看了老人那样诚恳的态度，我屈服了。他教我什么，我就学什么。而且是全心全意地学。他是吐火罗文世界权威，经常接到外国学者求教的信。比如美国的Lane等等。我发现，他总是热诚地罄其所知去回答，没有想保留什么。和我同时学吐火罗文的就有一个比利时教授W. Couvreur。根据我的观察，Sieg先生认为学术是人类的公器，多撒一颗种子，这一门学科就多得一点好处。侵略扩张同他是不沾边的。他对我这个异邦的青年奖掖扶植不遗余力。我的博士论文和口试的分数比较高，他就到处为我张扬，有时甚至说一些夸大的话。在这一方面，他给了我极大的影响。今天我也成了老人，我总是想方设法，为年轻的学者鸣锣开道。我觉得，只要我能做到这一点，我就算是对得起Sieg先生了。

我跟Sieg先生学习的那几年，是我一生挨饿最厉害，躲避空袭最多，生活最艰苦的几年。但是现在回忆起来却是最甜蜜的几年。甜蜜在何处呢？就是能跟Sieg先生在一起。到了冬天，大雪载途，黄昏早至。下课以后，我每每扶 Sieg 先生踏雪长街，送他回家。此时山林皆白，雪光微明，十里长街，寂寞无人。心中又凄清，又温暖。此情此景，终生难忘。

1946 年我回国以后，当了外语教员。从表面上来看，我自己的外语学习任务已经完成了。但是实际上，并不是这个样子。对于语言，包括外国语言和自己的母语在内，学习任务是永远也完成不了的。真正有识之士都会知道，对于一种语言的掌握，从来也不会达到绝对好的程度，水平都是相对的。据说莎士比亚作品里就有不少的语法错误，我们中国过去的文学家、哲学家、史学家、诗人、词客等等，又有哪一个没有病句呢？现代当代的著名文人又有哪一个写的文章能经得起语法词汇方面的过细的推敲呢？因此，谁要是自吹自擂，说对语言文字的掌握已达到炉火纯青的程度，这个人不是一个疯子，就是一个骗子。我讲的全是实话，并不是危言耸听。从这个意义上来讲，我学习外语的任务并没有完成。在教学之余，我仍然阅读一些外文的书籍，翻译一些外国的文学作品，还经常碰到一些不懂的或者似懂而实不懂的地方，需要翻阅字典或向别人请教。今天还有一些人，自视甚高，毫无自知之明，强不知以为知，什么东西都敢翻译，什么问题都不在话下，结果胡译乱写，贻害无穷，而自己则沾沾自喜，真不知天下还有羞耻事！

"你学了一辈子外语，有什么经验和教训呢？"我仿佛听到有人这样问。经验和教训，都是有的，而且还不少。

我自己常常想到，学习外语，在漫长的学习过程中，到了一定的时期，一定的程度，眼前就有一条界线，一个关口，一条鸿沟，一个龙门。至于是哪一个时期，这就因语言而异，因人而异。语言的难易不同，而且差别很大；个人的勤惰不同，差别也很大。这两个条件决定了这一个龙门的远近，有的三四年，有的五六年，一般人学习外语，走到这个龙门前面，并不难，只要泡上几年，总能走到。可是要跳过这龙门，就决非易事。跳不跳过有什么差别呢？差别有如天渊。跳不过，你对这种语言就算是没有登堂入室。只要你稍一放松，就会前功尽弃，把以前学的全忘掉。你勉强使用这种语言，这个工具你也掌握不了，必然会出许多笑话，贻笑大方。总之你这一条鲤鱼终归还是一条鲤鱼，说不定还会退化，你决变不成龙。跳过了龙门呢？则你已经不再是一条鲤鱼，而是一条龙。可是要跳过这个龙门又非常难，并不比鲤鱼跳龙门容易，必须付出极大的劳动，表现出极大的毅力，坚忍不拔，锲而不舍，才有跳过的希望。做任何事情都有类似的情况。书法、绘画、篆刻、围棋、象棋、打排球、踢足球、体操、跳水等等，无不如此。这一点必须认清。跳过了龙门，你对你的这一行就有了把握，有了根底。专就外语来说，到了此时，就不大容易忘记，这一门外语会成为你得心应手的工具。当然，即使达到这个程度，仍然要继续努力，决不能掉以轻心。

学习外语，同学习一切东西一样，必须注重方法。我们过去尝试过许多教学外语的方法，都取得过一定的成绩。这一点必须承认。但是我们决不能迷信方法，认为方法万能。我认为，最可靠的不是方法，而是个人的勤学苦练，发挥主观能动性。这个道理异常清楚。各行各业，莫不如此。过去有人讲笑话，说除臭虫最好的办法不是这药那药，而是"勤捉"。其中有朴素的真理。

　　　　　　我的心是一面镜子

我学习外国语言，已经有六十多年的历史了。如今我已经到了垂暮之年。回顾这六十多年的历史，心里真是感慨万端。我学了不少的外国语言，但是现在应用起来自己比较有把握的却不太多。我上面讲到跳龙门的问题。好多语言，我大概都没有跳过龙门。连那几种比较有把握的，跳到什么程度，自己心中也没有底。想要对今天学外语的年轻人讲几句经验之谈，想来想去，也只有勤学苦练一句，这真是未免太寒碜了。然而事实就是这个样子，这真叫做没有办法。学什么东西都要勤学苦练。这个真理平凡到同说每个人只要活着就必须吃饭一样。你不说，人家也会知道。然而它毕竟还是真理。你能说每个人必须吃饭不是真理吗？问题是如何贯彻这个真理。我只希望有志于掌握外语的年轻人说到做到。每个人到了一定的阶段，都能跳过龙门去。我们祖国今天的建设事业要求尽量多的外语人材，而且要求水平尽量高的。希望我们大家共同努力，达到这个神圣的目的。

1986 年 9 月 12 日写完

学外语

一

现在全国正弥漫着学外语的风气，学习的主要是英语，而这个选择是完全正确的。因为英语实际上已经成了一种世界语。学会了英语，几乎可以走遍天下，碰不到语言不通的困难。水平差的，有时要辅之以一点手势。那也无伤大雅，语言的作用就在于沟通思想。在一般生活中，思想决不会太复杂的。懂一点外语，即使有点洋泾浜，也无大碍，只要"老内"和"老外"的思想能够沟通，也就行了。

学外语难不难呢？有什么捷径呢？俗话说："天下无难事，只怕有心人。"所谓"有心人"，我理解，就是有志向去学习又肯动脑筋的人。高卧不起，等天上落下馅儿饼来的人是绝对学不好外语的，别的东西也不会学好的。

至于"捷径"问题，我想先引欧洲古代大几何学家欧几里德（也许是另一个人，年老昏聩，没有把握）对国王说："几何学里面没有御道！"御道"，就是皇帝走的道路。学外语也没有捷径，人人平等，都要付出劳动。市场卖的这种学习法、那种学习法，多不可信。什么方法也离不开个人的努力和勤奋。这些话都是老生常谈，但是，说一说决不会有坏处。

根据我个人经验，学外语学到百分之五六十，甚至七八十，也并不十分难。但是，我们不学则已，要学就要学到百分之九十以上，越高越好。不到这个水平你的外语是没有用的，甚至会出漏子的。我这样说，同上面讲的并不矛盾。上面讲的只是沟通简单的思想，这里讲的却是治学、译书、做重要口译工作。现在市面上出售为数不太少的译本，错误百出，译文离奇。这些都是一些急功近利，水平极低而又懒得连字典都不肯查的译者所为。说句不好听的话，这些都是假冒伪劣的产品，应该归入严打之列的。

我常有一个比喻：我们这些学习外语的人，好像是一群鲤鱼，在外语的龙门下泧游。有天资肯努力的鲤鱼，经过艰苦的努力，认真钻研，锲而不舍，一不要花招，二不找捷径，有朝一日风雷动，一跳跳过了龙门，从此变成了一条外语的龙，他就成了外语的主人，外语就为他所用。如果不这样做的话，则在龙门下游来游去，不肯努力，不肯钻研，就是游上一百年，他仍然是一条鲤鱼。如果是一条安分守己的鲤鱼，则还不至于害人。如果不安分守己，则必然堕入假冒伪劣之列，害人又害己。

做人要老实，学外语也要老实。学外语没有什么万能的窍门。俗语说："书山有路勤为径，学海无涯苦作舟。"这就是窍门。

二

前不久，我写过一篇《学外语》，限于篇幅，意犹未尽，现在再补充几点。

学外语与教外语有关，也就是与教学法有关，而据我所知，外语教学法国与国之间是不相同的，仅以中国与德国对比，其悬殊立见。中国是慢吞吞地循序渐进，学了好久，还不让学生自己动手查字典，读原著。而在德国，则正相反。据说19世纪一位大语言学家说过："学外语有如学游泳，把学生带到游泳池旁，一一推下水去；只要淹不死，游泳就学会了，而淹死的事是绝无仅有的。"我学俄文时，教师只教我念了念字母，教了点名词变化和动词变化，立即让我们读果戈理的《鼻子》，天天拼命查字典，苦不堪言。然而学生的主动性完全调动起来了。一个学期，就念完了《鼻子》和一本教科书。实践是检验真理的唯一标准，德国的实践证明，这样做是有成效的。在那场空前的灾难中，当我被戴上种种莫须有的帽子时，有的"革命小将"批判我提倡的这种教学法是法西斯式的方法，使我欲哭无泪，欲笑不能。

我还想根据我的经验和观察在这里提个醒：那些已经跳过了外语龙门的学者们是否就可以一劳永逸地吃自己的老本呢？我认为，这吃老本的思想是非常危险的。一个简单的事实往往为人们所忽略，世界上万事万物无不在随时变化，语言何独不然！一个外语学者，即使已经十分纯熟地掌握了一门外语，倘若不随时追踪这一门外语的变化，有朝一日，他必然会发现自己已经落伍了，连自己的母语也不例外。一个人在外国呆久了，一旦回到故乡，即使自己"乡音未改"，然而故乡的语言，特别是词汇却有了变化，有时你会听不懂了。

我讲点个人的经验。当我在欧洲呆了将近十一年回国时，途经西贡和香港，从华侨和华人口中听到了"搞"这个字和"伤脑筋"这个词儿，就极使我"伤脑筋"。我去国之前没有听说过。"搞"字是一个极有用的字，有点像英文的 do。现在"搞"字已满天飞了。当我在 80 年代重访德国时，走进了饭馆，按照四五十年前的老习惯，呼服务员为 hever ofer，他瞠目以对。原来这种称呼早已被废掉了。

因此，我就想到，不管你今天外语多么好，不管你是一条多么精明的龙，你必须随时注意语言的变化，否则就会出笑话。中国古人说："学如逆水行舟，不进则退。"要时刻记住这句话。我还想建议：今天在大学或中学教外语的老师，最好是每隔五年就出国进修半年，这样才不至为时代抛在后面。

三

前不久，我在"夜光杯"上发表了两篇谈学习外语的千字文，谈了点个人的体会，卑之无甚高论，不意竟得了一些反响。有的读者直接写信给我，有的写信给"夜光杯"的编辑。看来非再写一篇不行了。我不可能在一篇短文中答复所有的问题，我现在先对上海胡英琼同志提出的问题说一点个人的意见，这意见带有点普遍意义，所以仍占"夜光杯"的篇幅。

我在上述两篇千字文中提出的意见，归纳起来，不出以下诸端：第一，要尽快接触原文，不要让语法缠住手脚，语法在接触原文过程中逐步深化。第二，天资与勤奋都需要，而后者占绝大的比重。第三，不要妄想捷径，外语中没有"御道"。

学习了英语再学第二外语德语，应该说是比较容易的。英语和德语同一语言系属，语法前者表面上简单，熟练掌握颇难；后者变化复杂，特别是名词的阴、阳、中三性，记得极为麻烦，连本国人都头痛。背单词时，要连同词性 der、die、das 一起背，不能像英文那样只背单词。发音则英文极难，英文字典必须使用国际音标。德文则一字一音，用不着国际音标。

学习方法仍然是我讲的那一套：尽快接触原文，不惮勤查字典，懒人是学不好任何外语的，连本国语也不会学好。胡英琼同志的具体情况和具体要求，我完全不清楚。信中只谈到德文科技资料，大概胡同志目前是想集中精力攻克这个难关。

我想斗胆提出一个"无师自通"的办法，供胡同志和其他读者参考。你只需要找一位通德语的人，用上二三个小时，把字母读音学好。从此你就可以丢掉老师这个拐棍，自己行走了。你找一本有可靠的汉文译文的德文科技图书，伴之以一本浅易的德文语法。先把语法了解个大概的情况，不必太深入，就立即读德文原文，字典反正不能离手，语法也放在手边。一开始必然如堕入五里雾中。读不懂，再读，也许不止一遍两遍。等到你认为对原文已经有了一个大概的了解，为了验证自己了解的正确程度，只是到了此时，才把那一本可靠的译本拿过来，看看自己了解得究竟如何。就这样一页页读下去，一本原文读完了，再加以努力，你慢慢就能够读没有汉译本的德文原文了。

科技名词，英德颇有相似之处，记起来并不难，而且一般说来，科技书的语法都极严格而规范，不像文学作品那样不可捉摸。我为什么再三说"可靠的"译本呢？原因极简单，现在不可靠的译本太多太多了。

1997 年 3 月 27 日

丢书

我教了一辈子书，从中学教到大学，从中国教到外国，以书为命，嗜书成癖，积七八十年之积累，到现在已积书数万册，在燕园中成为藏书状元。

想当年十六七岁时，在济南北园白鹤庄读高中，家里穷，我更穷；但仍然省吃俭用，节约出将近一个月的伙食钱，写信到日本丸善书店，用"代金引换"的方式，订购了一本英国作家吉卜林的短篇小说，跋涉三十余里，到商埠邮局去取书，书到手中，如获至宝，当时的欢悦至今仿佛仍蕴涵于胸中。

后来到了清华大学，我的经济情况略有改进，因为爬格子爬出了点名堂，可以拿到稿费了；但是，总起来看，仍然是十分拮据的。可我积习难除，仍然节约出一个月的饭费，到东交民巷一个德国书店订购了一部德国诗人薛德林的全集，这是我手边最宝贵的东西，爱之如心头肉。

到了德国以后，经济每况愈下。格子无从爬起，津贴数目奇低。每月除了房租饮食之外，所余无几。但在极端困难的十年中，我仍然省吃俭用，积聚了数百册西文专业书。回国以后，托德国友人，历尽艰辛，从哥廷根运回北京，我当然珍如拱璧了。

在建国前的三年内，我在北京琉璃厂和东安市场结识了不少书肆主人。同隆福寺修绠堂经理孙助廉更是往来甚密，成为好友。我的一些旧书，多半是从他那里得到的。"十年浩劫"以后，天日重明，但古籍已经破坏，焚烧殆尽，旧日搜书之乐，已不可再得，只能在新书上打主意。

年来因种种原因，我自己买书不多，而受赠之书，则源源不绝。数年之间，已塞满了七间房子。以我这样一个书呆子，坐拥书城，焉得不乐！虽南面王不易矣。

然而，天底下闪光的东西，不都是金子。万万没有想到，我这一座看起来固若金汤的书城竟也有了塌陷之处。我过于相信别人，引狼入室，最近搬移书籍，才发现丢书惨重。一般单本书，丢了还容易补上。然而，《王力全集》丢了四本，《朱光潜全集》丢了三本，《宗白华全集》丢了两本，叫我到哪里去配！这当头一棒使我大梦初醒，然而已经晚了。当今世风不良，人心叵测，斯文中人竟会有这种行为。我已望九之年，竟还要对世道纷纭从幼儿园学起，不亦大可哀哉！孔乙己先生说：偷书不算是偷。对此我不敢苟同，我要同他"商榷"的。

我之所以写这一篇短文，是因为我想到，"夜光杯"的读者中嗜书者必不在少数，如果还没有我这种经历，请赶快以我为鉴，在你的书房门口高悬一块木牌，上书四个大字："闲人免进"。

1999 年 1 月 9 日

我的书斋

最近身体不太好。内外夹攻，头绪纷繁，我这已届耄耋之年的神经有点吃不消了。于是下定决心，暂且封笔。乔福山同志打来电话，约我写点什么，我遵照自己的决心，婉转拒绝。但一听说题目是《我的书斋》，于我心有戚戚焉，立即精神振奋，暂停决心，拿起笔来。

我确实有个书斋，我十分喜爱我的书斋。这个书斋是相当大的，大小房间，加上过厅、厨房，还有封了顶的阳台，大大小小，共有八个单元。册数从来没有统计过，总有几万册吧。在北大教授中，"藏书状元"我恐怕是当之无愧的。而且在梵文和西文书籍中，有一些堪称海内孤本。我从来不以藏书家自命，然而坐拥如此大的书城，心里能不沾沾自喜吗？

我的藏书都像是我的朋友，而且是密友。我虽然对它们并不是每一本都认识，它们中的每一本却都认识我。我每一走进我的书斋，书籍们立即活跃起来，我仿佛能听到它们向我问好的声音，我仿佛能看到它们向我招手的情景。倘若有人问我，书籍的嘴在什么

　　　　　我的心是一面镜子

地方？而手又在什么地方呢？我只能说："你的根器太浅，努力修持吧。有朝一日，你会明白的。"

我兀坐在书城中，忘记了尘世的一切不愉快的事情，怡然自得。以世界之广，宇宙之大，此时却仿佛只有我和我的书友存在。窗外粼粼碧水，丝丝垂柳，阳光照在玉兰花的肥大的绿叶子上，这都是我平常最喜爱的东西，现在也都视而不见了。连平常我喜欢听的鸟鸣声"光棍儿好过"，也听而不闻了。

我的书友每一本都蕴涵着无量的智慧。我只读过其中的一小部分，这智慧我是能深深体会到的。没有读过的那一些，好像也不甘落后，它们不知道是施展一种什么神秘的力量，把自己的智慧放了出来，像波浪似涌向我来。可惜我还没有修炼到能有"天眼通"和"天耳通"的水平，我还无法接受这些智慧之流。如果能接受的话，我将成为世界上古往今来最聪明的人。我自己也去努力修持吧。

我的书友有时候也让我窘态毕露。我并不是一个不爱清洁和秩序的人；但是，因为事情头绪太多，脑袋里考虑的学术问题和写作问题也不少，而且每天都收到大量的寄来的书籍和报刊（注：应为"纸"）杂志以及信件，转瞬之间就摞成一摞。在这样的情况下，如果我需要一本书，往往是遍寻不得，"只在此屋中，书深不知处"，急得满头大汗，也是枉然。只好到图书馆去借。等我把文章写好，把书送还图书馆后，无意之间，在一摞书中，竟找到了我原来要找的书，"得来全不费工夫"。然而晚了，工夫早已费过了。我啼笑皆非，无可奈何，等到用另外一本书时，再重演一次这出喜剧。我知道，我要寻找的书友，看到我急得那般模样，会大声给我打招呼的；

但是喊破了嗓子，也无济于事，我还没有修持到能听懂书的语言的水平。我还要加倍努力去修持。我有信心，将来一定能获得真正的"天眼通"和"天耳通"。只要我想要哪一本书，那一本书就会自己报出所在之处，我一伸手，便可拿到，如探囊取物。这样一来，文思就会像泉水般地喷涌，我的笔变成了生花妙笔，写出来的文章会成为天下之至文。到了那时，我的书斋里会充满了没有声音的声音，布满了没有形象的形象。我同我的书友们能够自由地互通思想，交流感情。我的书斋会成为宇宙间第一神奇的书斋，岂不猗欤休哉！

我盼望有这样一个书斋。

1993 年 6 月 22 日

人生是旷野，而不是轨道

只觉得大千世界十分美好，眼前遍地开着玫瑰花，

即使稍有不顺心的时候，也只如秋风过耳，转瞬即逝。

《〈人生小品〉序》

人生

在一个"人生漫谈"的专栏（注：指作者 1996 年起在上海《新民晚报》副刊"夜光杯"开设的个人专栏）中，首先谈一谈人生，似乎是理所当然的，未可厚非的。

而且我认为，对于我来说，这个题目也并不难写。我已经到了望九之年，在人生中已经滚了八十多个春秋了。一天天面对人生，时时刻刻面对人生，让我这样一个世故老人来谈人生，还有什么困难呢？岂不是易如反掌吗？

但是，稍微进一步一琢磨，立即出了疑问：什么叫人生呢？我并不清楚。

不但我不清楚，我看芸芸众生中也没有哪一个人真清楚的。古今中外的哲学家谈人生者众矣。什么人生意义，又是什么人生的价值，花样繁多，扑朔迷离，令人眼花缭乱；然而他们说了些什么呢？恐怕连他们自己也是越谈越糊涂。以己之昏昏，焉能使人昭昭！

哲学家的哲学，至矣高矣。但是，恕我大不敬，他们的哲学同吾辈凡人不搭界，让这些哲学，连同它们的"家"，坐在神圣的殿堂里去独现辉煌吧！像我这样一个凡人，吃饱了饭没事儿的时候，有时也会想到人生问题。我觉得，我们"人"的"生"，都绝对是被动的。没有哪一个人能先制定一个诞生计划，然后再下生，一步步让计划实现。只有一个人是例外，他就是佛祖释迦牟尼。他住在天上，忽然想降生人寰，超度众生。先考虑要降生的国家，再考虑要降生的父母。考虑周详之后，才从容下降。但他是佛祖，不是吾辈凡人。

吾辈凡人的诞生，无一例外，都是被动的，一点主动也没有。我们糊里糊涂地降生，糊里糊涂地成长，有时也会糊里糊涂地夭折，当然也会糊里糊涂地寿登耄耋，像我这样。

生的对立面是死。对于死，我们也基本上是被动的。我们只有那么一点主动权，那就是自杀。但是，这点主动权却是不能随便使用的。除非万不得已，是决不能使用的。

我在上面讲了那么些被动，那么些糊里糊涂，是不是我个人真正欣赏这一套，赞扬这一套呢？否，否，我决不欣赏和赞扬。我只是说了一点实话而已。

正相反，我倒是觉得，我们在被动中，在糊里糊涂中，还是能够有所作为的。我劝人们不妨在吃饱了燕窝鱼翅之后，或者在吃糠咽菜之后，或者在卡拉OK、高尔夫之后，问一问自己：你为什么活着？活着难道就是为了恣睢的享受吗？难道就是为了忍饥受寒吗？问了这些简单的问题之后，会使你头脑清醒一点，会减少一些糊涂。谓予不信，请尝试之。

1996年11月9日

再谈人生

  人生这样一个变化莫测的万花筒，用千把字来谈，是谈不清楚的。所以来一个"再谈"。

  这一回我想集中谈一下人性的问题。

  大家知道，中国哲学史上，有一个不大不小的争论问题：人是性善，还是性恶？这两个提法都源于儒家。孟子主性善，而荀子主性恶。争论了几千年，也没有争论出一个名堂来。

  记得鲁迅先生说过："人的本性是，一要生存，二要温饱，三要发展。"（记错了，由我负责。）这同中国古代一句有名的话，精神完全是一致的："食色，性也。"食是为了解决生存和温饱的问题，色是为了解决发展问题，也就是所谓传宗接代。

  我看，这不仅仅是人的本性，而且是一切动植物的本性。试放眼观看大千世界，林林总总，哪一个动植物不具备上述三个本能？动物姑且不谈，只拿距离人类更远的植物来说，"桃李无言"，它们不但不能行动，连发声也发不出来。然而，它们求生存和发展的欲望，却表现得淋漓尽致。桃李等结甜果子的植物，为什么结甜果子呢？无非是想让人和其他能行动的动物吃了甜果子把核带到远的或近的其他地方，落到地上，生入土中，能发芽、开花、结果，达到发展，即传宗接代的目的。

你再观察，一棵小草或其他植物，生在石头缝中，或者甚至压在石头块下，缺水少光，但是它们却以令人震惊得目瞪口呆的毅力，冲破了身上的重压，弯弯曲曲地、忍辱负重地长了出来，由细弱变为强硬，由一根细苗甚至变成一棵大树，再作为一个独立体，继续顽强地实现那三种本性。"下自成蹊"，就是"无言"的结果吧。

你还可以观察，世界上任何动植物，如果放纵地任其发挥自己的本性，则在不太长的时间内，哪一种动植物也能长满塞满我们生存的这一个小小的星球地球。那些已绝种或现在濒临绝种的动植物，属于另一个范畴，另有其原因，我以后还会谈到。

那么，为什么到现在还没有哪一种动植物——包括万物之灵的人类在内——能塞满了地球呢？

在这里，我要引老子的话："天地不仁，以万物为刍狗。"是造化小儿——谁也不知道，他究竟有没有？他究竟是什么样子？我不信什么上帝，什么天老爷，什么大梵天，宇宙间没有他们存在的地方。

但是，冥冥中似乎应该有这一类的东西，是他或它巧妙计算，不让动植物的本性光合得逞。

1996 年 11 月 12 日

三论人生

上一篇"再论"戛然而止，显然没有能把话说完，所以再来一篇"三论"。

造化小儿对禽兽和人类似乎有点区别对待的意思。它给你生存的本能，同时又遏制这种本能，方法或者手法颇多。制造一个对立面似乎就是手法之一，比如制造了老鼠，又制造它的天敌猫。

对于人类，它似乎有点优待。它先赋予人类思想（动物有没有思想和言语是一个有争论的问题），又赋予人类良知良能。关于人类本性，我在上面已经谈到。我不大相信什么良知，什么"恻隐之心，人皆有之"；但是我又无从反驳。古人说："人之所以异于禽兽者几希。""几希"者，极少极少之谓也。即使是极少极少，总还是有的。我个人胡思乱想，我觉得，在对待生物的生存、温饱、发展的本能的态度上，就存在着一点点"几希"。

我们观察，老虎、狮子等猛兽，饿了就要吃别的动物，包括人在内。它们决没有什么恻隐之心，决没有什么良知。吃的时候，它们也决不会像人吃人的时候那样，有时还会捏造一些我必须吃你的

我的心是一面镜子

道理，做好"思想工作"。它们只是吃开了，吃饱为止。人类则有所不同。人与人当然也不会完全一样。有的人确实能够遏制自己的求生的本能，表现出一定的良知和一定的恻隐之心。古往今来的许多仁人志士，都是这方面的好榜样。他们为什么能为国捐躯？为什么能为了救别人而牺牲自己的性命？鲁迅先生所说的"中国的脊梁"，就是这样的人。孟子所谓的"浩然之气"，只有这样的人能有。禽兽中是决不会有什么"脊梁"，有什么"浩然之气"的，这就叫做"几希"。

但是人也不能一概而论，有的人能够做到，有的人就做不到。像曹操说："宁教我负天下人，休教天下人负我！"他怎能做到这一步呢？

说到这里，就涉及伦理道德问题。我没有研究过伦理学，不知道怎样给道德下定义。我认为，能为国家，为人民，为他人着想而遏制自己的本性的，就是有道德的人。能够百分之六十为他人着想，百分之四十为自己着想，他就是一个及格的好人。为他人着想的百分比越高越好，道德水平越高。百分之百，所谓"毫不利己、专门利人"的人是绝无仅有。反之，为自己着想而不为他人着想的百分比，越高越坏。到了曹操那样，就算是坏到了顶。毫不利人、专门利己的人，普天之下倒是不老少的。说这话，有点泄气。无奈这是事实，我有什么办法？

1996 年 11 月 13 日

赞“代沟”

现在常常听到有人使用“代沟”这个词儿。这个词儿看起来像一个外来语。然而它表达的内容却不限于外国，而是有普遍意义的，中国当然也不能够例外。

青年人怎样议论“代沟”，我不清楚。老年人一谈起来，往往流露出十分不满意的神气，有时候甚至有类似“人心不古，世道浇漓”之类的慨叹。这种神气和慨叹我也有过。我现在是一个地地道道的老年人了。老年人的心理状态，我同样也是有的。我们大概都感觉到，在青年人身上有一些东西，我们看着不顺眼；青年人嘴里讲一些话，我们听上去不大顺耳，特别是那一些新造的名词更是特别刺耳。他们的衣着、他们的态度、他们的言谈举动以及接物待人的礼节、他们欣赏的对象和趣味，总之，一切的一切，我们无不觉得不那么顺溜。脾气好一点的老头摇一摇头，叹一口气，脾气不太好的就难免发发牢骚，成为九斤老太的同党了。

如果说有一条沟的话，那么，我们就站在沟的这一边，那一边站的是年轻人。但是若干年以前，我们也曾在沟的那一边站过，站在这一边的是我们的父母、老师、长辈。不知道从什么时候起，好像是在一夜之间，我们忽然站到这边来了。原来站在这边的人，由于自然规律不可抗御，一个个地让出了位置，走向涅槃，空出来的位置由我们来递补。有如秋后的树木，落叶渐多，枝头渐空，全身都在秋风里，只有日渐凋零了。这一个过程是非常非常微妙的，好像一点痕迹都没有留下，然而它确实是存在的。

站在沟这一边的老人，往往有一些杞忧。过去老人喜欢说一些世风日下之类的话，其尤甚者甚至缅怀什么羲皇盛世。现在这种人比较少了，但是类似这样的感慨还是有的。我在这一方面似乎更特别敏感。最近几年，我曾数次访问日本。年纪大一点的日本朋友对于中国文化能够理解，能够欣赏，他们感谢中国文化带给日本的好处，感激之情，溢于言表。中国古代的诗词和书画，他们熟悉。他们身上有一股"老"味，让我们觉得很亲切。然而据日本朋友说，现在的年轻人可完全不是这个样子了。中国古代的那一套，他们全不懂，全不买账，他们喝咖啡，吃西餐，一切唯西方马首是瞻。同他们交往，他们身上有一股"新"味，这种"新"味使我觉得颇不舒服。我自己反复琢磨，中日交往垂二千年。到了近代，日本虽然进行了改革，成为世界上头号经济强国，但是在过去还多少有点共同语言。好像在一夜之间，忽然从地里涌出了一代"新人类"，同过去几乎完全割断了纽带联系。同这一群新人打交道，我简直手足无所措。这样下去，我们两国不是越来越疏远吗？为什么几千年没有变，而今天忽然变了呢？我冥思苦想，不得其解。

在中国，我也有这种杞忧。过去，当我站在沟的那一边的时候，我虽然也感到同沟这一边的老年人有点隔阂，但并不认为十分严重；然而到了今天，世界变化空前加速，真正是一天等于二十年，我来到了沟的这一边，顿时觉得沟那一边的年轻人也颇有"新人类"的味道。他们所作所为，很多我都觉得有点难以理解。男女自由恋爱，在封建时期是不允许的；在解放前允许了，但也多半不敢明目张胆。如果男女恋人之间接一个吻，恐怕也要秘密举行。然而今天呢，青年们在光天化日之下，大庭广众之间，公然拥抱接吻，坦然，泰然，甚至还有比这更露骨的举动，我看了确实感到吃惊，又觉得难以理解。我原来自认为脑筋还没有僵化，同九斤老太划清了界限。曾几何时，我也竟成了她的"同路人"，岂不大可异哉！又岂不大可哀哉！

不管从世界范围来看，还是从中国范围来看，代沟自古以来就存在的；任何国家，任何时代，都是不可避免的。然而，根据我个人的感觉，好像是"自古已然，于今为烈"，好像任何时候也没有今天这样明显。青年老年之间存在的好像已经不是沟，而是长江大河，其中波涛汹涌，难以逾越，我们两代人有点难以互相理解的势头了。为代沟而杞忧者自古就有，今天也决不乏人。我也是其中之一，而且还可能是"积极分子"。

说了上面这一些话以后，倘若有人要问："你对代沟抱什么态度呢？"答曰："坚决拥护，竭诚赞美！"

试想一想：如果没有代沟，青年人和老年人完全一模一样，人类的进步表现在什么地方呢？再往上回溯一下，如果在猴子中间没有代沟，所有的猴子都只能用四条腿在地上爬行，哪一只也决不允

　　　　　　我的心是一面镜子

许站立起来，哪一只也决不允许使用工具劳动，某一类猴子如何能转变成人呢？从语言方面来讲，如果不允许青年们创造一些新词，我们的语言如何能进步呢？孔老头子说的话如果原封不动地保留到今天，这种情况你能想象吗？如果我们今天的报刊（注：应为"纸"）杂志孔老夫子这位圣人都完全能懂，这是可能的吗？人类社会在不停地变化，世界新知识日新月异，如果不允许创造新词儿，那么，语言就不能表达新概念、新事物，语言就失去存在的意义了，这种情况是可取的吗？总之，代沟是不可避免的，而且是十分必要的。它标志着变化，它标志着进步，它标志着社会演化，它标志着人类前进。不管你是否愿意，它总是要存在的，过去存在，现在存在，将来也还要存在。

因此，我赞美代沟，用满腔热忱来赞美代沟。

1987 年 4 月 29 日　上海华东师大

牵就与适应

牵就，也作"迁就"。"牵就"和"适应"，是我们说话和行文时常用的两个词儿，含义颇有些类似之处；但是，一仔细琢磨，二者间实有差别，而且是原则性的差别。

根据词典的解释，《现代汉语词典》注"牵就"为"迁就"和"牵强附会"。注"迁就"为"将就别人"，举的例是"坚持原则，不能迁就"。注"将就"为"勉强适应不很满意的事物或环境"，举的例是"衣服稍微小一点，你将就着穿吧！"注"适应"为"适合（客观条件或需要）"，举的例子是"适应环境"。"迁就"这个词儿，古书上也有，《辞源》注为"舍此取彼，委曲求合"。

我说，二者含义有类似之处，《现代汉语词典》注"将就"一词时就使用了"适应"一词。

词典的解释，虽然头绪颇有点乱，但是，归纳起来，"牵就（迁就）"和"适应"这两个词儿的含义还是清楚的。"牵就"的宾语往往是不很令人愉快、令人满意的事情。在平常的情况下，这种事情本来是不能或者不想去做的。极而言之，有些事情甚至是违反原则的，违反做人的道德的，当然完全是不能去做的。但是，迫于自己无法掌握的形势，或者出于利己的私心，或者由于其他的什么原因，非做不行，有时候甚至昧着自己的良心，自己也会感到痛苦的。

根据我个人的语感，我觉得，"牵就"的根本含义就是这样，词典上并没有说清楚。

但是，又是根据我个人的语感，我觉得，"适应"同"牵就"是不相同的。我们每一个人都会经常使用"适应"这个词儿的。不过在大多数的情况下，我们都是习而不察。我手边有一本沈从文先生的《花花朵朵　坛坛罐罐》，汪曾祺先生的《代序：沈从文转业之谜》中有一段话说："一切终得变，沈先生是竭力想适应这种'变'的。"这种"变"，指的是解放。沈先生写信给人说："对于过去种种，得决心放弃，从新起始来学习。这个新的起始，并不一定即能配合当前需要，惟必能把握住一个进步原则来肯定，来完成，来促进。"沈从文先生这个"适应"，是以"进步原则"来适应新社会的。这个"适应"是困难的，但是正确的。我们很多人在解放初期都有类似的经验。

再拿来同"牵就"一比较，两个词儿的不同之处立即可见。"适应"的宾语，同"牵就"不一样，它是好的事物，进步的事物；即使开始时有点困难，也必能心悦诚服地予以克服。在我们的一生中，我们会经常不断地遇到必须"适应"的事务，"适应"成功，我们就有了"进步"。

简截说：我们须"适应"，但不能"牵就"。

1998 年 2 月 4 日

谦虚与虚伪

在伦理道德的范畴中，谦虚一向被认为是美德，应该扬。而虚伪则一向被认为是恶习，应该抑。

然而，究其实际，两者间有时并非泾渭分明，其区别间不容发。谦虚稍一过头，就会成为虚伪。我想，每个人都会有这种体会的。

在世界文明古国中，中国是提倡谦虚最早的国家。在中国最古的经典之一的《尚书·大禹谟》中就已经有了"满招损，谦受益，时（是）乃天道"这样的教导，把自满与谦虚提高到"天道"的水平，可谓高矣。从那以后，历代的圣贤无不张皇谦虚，贬抑自满。一直到今天，我们常用的词汇中仍然有一大批与"谦"字有联系的词儿，比如"谦卑""谦恭""谦和""谦谦君子""谦让""谦顺""谦虚""谦逊"等等，可见"谦"字之深入人心，久而愈彰。

我认为，我们应当提倡真诚的谦虚，而避免虚伪的谦虚，后者与虚伪间不容发矣。

可是在这里我们就遇到了一个拦路虎：什么叫"真诚的谦虚"呢？什么又叫"虚伪的谦虚"？两者之间并非泾渭分明，简直可以说是因人而异，因地而异，因时而异，掌握一个正确的分寸难于上青天。

最突出的是因地而异，"地"指的首先是东方和西方。在东方，比如说中国和日本，提到自己的文章或著作，必须说是"拙作"或"拙文"。在西方各国语言中是找不到相当的词儿的，尤有甚者，甚至可能产生误会。中国人请客，发请柬必须说"洁治菲酌"，不了解东方习惯的西方人就会满腹疑团：为什么单单用"不丰盛的宴席"来请客呢？日本人送人礼品，往往写上"粗品"二字，西方人又会问：为什么不用"精品"来送人呢？在西方，对老师，对朋友，必须说真话，会多少，就说多少。如果你说，这个只会一点点儿，那个只会一星星儿，他们就会信以为真，在东方则不会。这有时会很危险的。至于吹牛之流，则为东西方同样所不齿，不在话下。

可是怎样掌握这个分寸呢？我认为，在这里，真诚是第一标准。虚怀若谷，如果是真诚的话，它会促你永远学习，永远进步。有的人永远"自我感觉良好"，这种人往往不能进步。康有为是一个著名的例子。他自称，年届而立，天下学问无不掌握。结果说康有为是一个革新家则可，说他是一个学问家则不可。较之乾嘉诸大师，甚至清末民初诸大师，包括他的弟子梁启超在内，他在学术上是没有建树的。

总之，谦虚是美德，但必须掌握分寸，注意东西。在东方谦虚涵盖的范围广，不能施之于西方，此不可不注意者。然而，不管东方或西方，必须出之以真诚，有意的过分的谦虚就等于虚伪。

1998 年 10 月 3 日

芝兰之室

我喜欢绿色的东西，我觉得，绿色是生命的颜色，即使是在冬天，我在屋里总要摆上几盆花草，如君子兰之类。旧历元日前后，我一定要设法弄到几盆水仙，眼睛里看到的是翠绿的叶子，鼻子里闻到的是氤氲的幽香，我顾而乐之，心旷神怡。

今年当然不会是例外。友人送给我几盆水仙，摆在窗台上。下面是一张极大的书桌，把我同窗台隔开。大概是由于距离远了一点，我只见绿叶，不闻花香，颇以为憾。

今天早晨，我一走进书房，蓦地一阵浓烈的香气自透鼻官。我愕然一愣，一刹那间，我意识到，这是从水仙花那里流过来的。我坐下，照例爬我的格子。我在潜意识里感到，既然刚才能闻到花香，这就证明，花香是客观存在着的，而且还不会是瞬间的而是长时间的存在。可是，事实上，在那愕然一愣之后，水仙花香神秘地消逝了，我鼻子再也闻不到什么了。

这是什么原因呢？

我又陷入了想入非非中。

中国古代《孔子家语》中就有几句话："与善人居，如入芝兰之室，久而不闻其香，即与之化矣。"我在这里关心的不是"化"与"不化"的问题，而是"久而不闻其香"。刚才水仙花给我的感受，就正是"久而不闻其香"。可见这样的感受，古人早已经有了。

我常幻想，造化小儿喜欢耍点"小"——也许是"大"——聪明，给人们开点小玩笑。他（它？她？）给你以本能，让你舌头知味，鼻子知香。但是，又不让你长久地享受，只给你一瞬间，然后复归于平淡，甚至消逝。比如那一位"老佛爷"慈禧，在宫中时，瞅见燕窝、鱼翅、猴头、熊掌，一定是大皱其眉头。然而，八国的"老外"来到北京，她仓皇西逃，路上吃到棒子面的窝头，味道简直赛过龙肝凤髓，认为是从未尝过的美味。她回到北京宫中以后，想再吃这样的窝头，可普天之下再也找不到了。

造化小儿就是使用这样的手法，来实施一种平衡的策略，使美味佳肴与粗茶淡饭，使帝后显宦与平头老百姓，等等，等等，都成为相对的东西，都受时间与地点的约束。否则，如果美味对一个人来说永远美，那么帝后显宦们的美食享受不是太长了吗？在芸芸众生中间不是太不平衡了吗？

对鼻官来说，水仙花还有芝兰的香气也只能作如是观，一瞬间，你获得了令人吃惊的美感享受；又一瞬间，香气虽然仍是客观存在，你的鼻子却再也闻不到了。

造化小儿玩的就是这一套把戏。

1998 年 2 月 1 日

我害怕"天才"

　　人类的智商是不平衡的，这种认识已经属于常识的范畴，无人会否认的。不但人类如此，连动物也不例外。我在乡下观察过猪，我原以为这蠢然一物，智商都一样，无所谓高低的。然而事实上猪们的智商颇有悬殊。我喜欢养猫，经我多年的观察，猫们的智商也不平衡，而且连脾气都不一样，颇使我感到新奇。

　　猪们和猫们有没有天才，我说不出。专就人类而论，什么叫做"天才"呢？我曾在一本书里或一篇文章里读到过一个故事。某某数学家，在玄秘深奥的数字和数学符号的大海里游泳，如鱼得水，圆融无碍。别人看不到的问题，他能看到；别人解答不了的方程式之类的东西，他能解答。于是，众人称之为"天才"。但是，一遇到现实生活中的问题，他的智商还比不了一个小学生。比如猪肉三角三分一斤，五斤猪肉共值多少钱呢？他瞠目结舌，无言以对。

　　因此，我得出一个结论："天才"即偏才。

　　在中国文学史或艺术史上，常常有几"绝"的说法。最多的是"三绝"，指的是诗、书、画三绝。所谓"绝"，就是超越常人，用一个现成的词儿，就是"天才"。可是，如果仔细分析起来，这个人在几绝中只有一项，或者是两项是真正的"绝"，为常人所不能及，其他几绝都是为了凑数凑上去的。因此，所谓"三绝"或几绝的"天才"，其实也是偏才。

可惜古今中外参透这一点的人极少极少，更多的是自命"天才"的人。这样的人老中青都有。他们仿佛是从菩提树下金刚台上走下来的如来佛，开口便昭告天下："天上天下，唯我独尊。"这种人最多是在某一方面稍有成就，便自命不凡起来，看不起所有的人，一副"天才气"，催人欲呕。这种人在任何团体中都不能团结同仁，有的竟成为害群之马。从前在某个大学中有一位年轻的历史教授，自命"天才"，瞧不起别人，说这个人是"狗蛋"，那个人是"狗蛋"。结果是投桃报李，群众联合起来，把"狗蛋"的尊号恭呈给这个人，他自己成了"狗蛋"。

这样的人在当今社会上并不少见，他们成为社会上不安定的因素。

蒙田在一篇名叫《论自命不凡》的随笔中写道：

> 对荣誉的另一种追求，是我们对自己的长处评价过高。这是我们对自己怀有的本能的爱，这种爱使我们把自己看得和我们的实际情况完全不同。

我决不反对一个人对自己本能的爱，应该把这种爱引向正确的方向。如果把它引向自命不凡，引向自命"天才"，引向傲慢，则会损己而不利人。

我害怕的就是这样的"天才"。

1999 年 7 月 25 日

对待不同意见的态度

　　端正对待不同意见（我在这里指的只是学术上不同的意见）的态度，是非常不容易办到的一件事。中国古话说："良药苦口利于病，忠言逆耳利于行。"可见此事自古已然。

　　我对于学术上不同的观点，最初也不够冷静。仔细检查自己内心的活动，不冷静的原因决不是什么面子问题，而是觉得别人的思想方法有问题，或者认为别人并不真正全面地实事求是地了解自己的观点，自己心里十分别扭，简直是堵得难受，所以才不能冷静。

　　最近若干年来，自己在这方面有了进步。首先，我认为，普天之下的芸芸众生，思想方法就是不一样，五花八门，无奇不有。这是正常的现象，正如人与人的面孔也不能完完全全一模一样。要求别人的思想方法同自己一样，是一厢情愿，完全不可能的，也是完全不必要的。其次，不管多么离奇的想法，其中也可能有合理之处。采取其合理之处，扬弃其不合理之处，是唯一正确的办法。至于有人无理攻击，也用不着真正的生气。我有一个怪论：一个人一生不可能没有朋友，也不可能没有非朋友。我在这里不用"敌人"这个

　　　　　　　　我的心是一面镜子

词，而用"非朋友"，是因为非朋友不一定就是敌人。最后，我还认为，个人的意见不管一时觉得多么正确，其实这还是一个未知数。时过境迁，也许会发现它并不正确，或者不完全正确。到了此时，必须有勇气公开改正自己的错误意见。梁任公说："不惜以今日之我，攻昨日之我。"这是光明磊落的真正学者的态度。最近我编《东西文化议论集》时，首先自己亮相，把我对"天人合一"思想的"新解"（请注意"新解"中的"新"字）和盘托出，然后再把反对我的意见的文章，只要能搜集到的，都编入书中，让读者自己去鉴别分析。我对广大的读者是充分相信的，他们能够明辨是非。如果我采用与此相反的方式：打笔墨官司，则对方也必起而应战。最初，双方或者还能克制自己，说话讲礼貌，有分寸。但是笔战越久，理性越少，最后甚至互相谩骂，人身攻击。到了这个地步，谁还能不强词夺理、歪曲事实呢？这样就离开真理越来越远了。中国学术史上这样的例子颇为不少。我前些时候在上海《新民晚报》"夜光杯"副刊上写过一篇短文：《真理越辨越明吗？》（注：标题应为《真理愈辨愈明吗？》，此处"辨"疑有误，应为"辩"）。我的结论是：在有些时候，真理越辨（注：应为"辩""）越糊涂。是否真理，要靠实践，兼历史和时间的检验。可能有人认为我是在发怪论，我其实是有感而发的。

辑
四

把笑找回来

我相信，一个在沧海中失掉了笑的人，决不能做任何的事情。

我也相信，一个曾经沧海又把笑找回来的人，却能胜任任何的艰巨。

《爽朗的笑声》

我的座右铭

多少年以来，我的座右铭一直是：

纵浪大化中，

不喜亦不惧。

应尽便须尽，

无复独多虑。

老老实实的、朴朴素素的四句陶诗，几乎用不着任何解释。

我是怎样实行这个座右铭的呢？无非是顺其自然，随遇而安而已，没有什么奇招。

"应尽便须尽，无复独多虑。"（到了应该死的时候，你就去死，用不着左思右想。）这句话应该是关键性的。但是在我几十年的风华正茂的期间内，"尽"什么的是很难想到的。在这期间，我当然既走过阳关大道，也走过独木小桥。即使在走独木桥时，好像路上铺的全是玫瑰花，没有荆棘。这与"尽"的距离太远太远了。

　　　　　　我的心是一面镜子

到了现在，自己已经九十多岁了。离人生的尽头，不会太远了。我在这时候，根据座右铭的精神，处之泰然，随遇而安。我认为，这是唯一正确的态度。

我不是医生，我想贸然提出一个想法。所谓老年忧郁症恐怕十有八九同我上面提出的看法有关，怎样治疗这种病症呢？我本来想用"无可奉告"来答复。但是，这未免太简慢，于是改写一首打油，题曰"无题"：

人生在世一百年，
天天有些小麻烦。
最好办法是不理，
只等秋风过耳边。

年

年，像淡烟，又像远山的晴岚。我们握不着，也看不到。当它走来的时候，只在我们的心头轻轻地一拂，我们就知道：年来了。但是究竟什么是年呢？却没有人能说得清了。

当我们沿着一条大路走着的时候，遥望前路茫茫，花样似乎很多。但是，及至走上前去，身临切近，却正如向水里扑自己的影子，捉到的只有空虚。更遥望前路，仍然渺茫得很。这时，我们往往要回头看看的。其实，回头看，随时都可以。但是我们却不。最常引起我们回头看的，是当我们走到一个路上的界石的时候。说界石，实在没有什么石。只不过在我们心上有那么一点痕迹。痕迹自然很虚缥。所以不易说。但倘若不管易说不易说，说了出来的话，就是年。

说出来了，这年，仍然很虚缥。也许因为这一说，变得更虚缥。但这却是没有办法的事了。我前面不是说我们要回头看吗？就先说我们回头看到的吧。——我们究竟看到些什么呢？灰蒙蒙的一片，仿佛白云，又仿佛轻雾，朦胧成一团。里面浮动着各种的面影，各

　　　　　我的心是一面镜子

样的彩色。这似乎真有花样了。但仔细看来，却又不然，仍然是平板单调。就譬如从最近的界石看回去吧。先看到白皑皑的雪凝结在丫杈着刺着灰的天空的树枝上。再往前，又看到澄碧的长天下流泛着的萧瑟冷寂的黄雾。再往前，苍郁欲滴的浓碧铺在雨后的林里，铺在山头。烈阳闪着金光。更往前，到处闪动着火焰般的花的红影。中间点缀着亮的白天，暗的黑夜。在白天里，我们拼命填满了肚皮。在黑夜里，我们挺在床上咧开大嘴打呼。就这样，白天接着黑夜，黑夜接着白天；一明一暗地滚下去，像玉盘上的珍珠。

……

于是越过一个界石。看上去，仍然看到白皑皑的雪，看到萧瑟冷寂的黄雾，看到苍郁欲滴的浓碧，看到火焰般的红影。仍然是连续的亮的白天，暗的黑夜——于是又越过了一个界石。于是又——一个界石，一个界石，界石连着界石，没有完。亮的白天，暗的黑夜交织着。白雪，黄雾，浓碧，红影，混成一团。影子却渐渐地淡了下来。我们的记忆也被拖到辽远又辽远的雾蒙蒙的暗陬里去了。我们再看到什么呢？更茫茫。然而，不新奇。

不新奇吗？却终究又有些新的花样了。仿佛是跨过第一个界石的时候——实在还早，仿佛是才踏上了世界的时候，我们眼前便障上了幕。我们看不清眼前的东西；只是摸索着走上去。随了白天的消失，暗夜的消失，这幕渐渐地一点一点地撤下去。但我们不觉得。我们觉得的时候，往往是在踏上了一个界石回头看的一刹那。一觉得，我们又慌了："会有这样的事情发生到我身上吗？"其实，当这事情正在发生的时候，我们还热烈地参加着，或表演着。现在一觉得，便大惊小怪起来。我们又肯定地信，不会有这样的事情发生到我们身上的。我们想：自己以前仿佛没曾打算有这样的事情发生。实在，打算又有什么用呢？事情早已给我们安排在幕后。只是幕不撤，我们看不到而已。而且又真没曾打算过。以后我们又证明给自己：的确发生过这样的事情了。于是，因了这惊，这怪，我们也似乎变得比以前更聪明些。"以后我要这样了"，我们想。真的，以后我们要这样了。然而，又走到一个界石，回头一看，我们又惊疑："怎么又会有这样的事情发生到我身上呢？"是的，真有过。"以后我要这样了"，我们又想。——虽然一点一点地撤开，我们眼前仍是幕。于是，一个界石，一个界石，就在这随时发现的新奇中过下去，一直到现在，我们眼前仍然是幕。这幕什么时候才撤净呢？我们苦恼着。

但也因而得到了安慰了。一切事情，虽然都已经安排在幕后，有时我们也会蓦地想到几件。其中也不缺少一想到就使我们流汗战栗喘息的事情。我们知道它们一定会发生，只是不知道什么时候而已。但现在回头看来，许多这样的事情，只在这幕的微启之下，便悠然地露了出来，我们也不知怎样竟闯了过来。回顾当时的流汗，的战栗，的喘息，早成残像，只在我们心的深处留下一点痕迹。不禁微笑浮上心头了。回首绵绵无尽的灰雾中，竟还有自己踏过的微白的足迹在，蜿蜒一条长长的路，一直通到现在的脚跟下。再一想踏这条路时的心情，看这眼前的幕一点一点撤开时的或惊，或惧，或喜的心情，微笑更要浮上嘴角了。

这样，这条微白的长长的路就一直蜿蜒到脚跟。现在脚下踏着的又是一块新的界石了。不容我们迟疑，这条路又把我们引上前去。

我们不能停下来，也不愿意停下来的。倘若抬头向前看的时候——又是一条微白的长长的路，伸展开去。又是一片灰蒙蒙的雾，这路就蜿蜒到雾里去。到哪里止呢？谁知道，我们只是走上前去。过去的，混沌迷茫，不知其所以然了。未来的，混沌迷茫，更不知其所以然了。但是我们时时刻刻都在向前走着。时时刻刻这条蜿蜒的长长的路向后缩了回去，又时时刻刻向前伸了出去，摆在我们面前。仍然再缩了回去，离我们渐远，渐远，窄了，更窄了。埋在茫茫的雾里。刚才看见的东西，一转眼，便随了这条路缩了回去，渐渐地不清楚，成云，成烟，埋在记忆里，又在记忆里消失了。只有在我们眼前的这一点短短的时间——一分钟，不，还短；一秒钟，不，还短；短到说不出来，就算有那么一点时间吧；我们眼前有点亮：一抬眼，便可以看到桌子上摆着的花的蔓长的枝条在风里袅动，看到架上排着的书，看到玻璃杯在静默里反射着清光，看到窗外枯树寒鸦的淡影，看到电灯罩的丝穗在轻微地散布着波纹，看到眼前的一切，都发亮。然后一转眼，这一切又缩了回去，渐渐地不清楚，成云，成烟，埋在记忆里，也在记忆里消失吧。等到第二次抬眼的时候，看到的一切已经同前次看到的不同了。我说，我们就只有那样短短的时间的一点亮。这条蜿蜒的长长的路伸展出去，这一点亮也跟着走。一直到我们不愿意，或者不能走了，我们眼前仍然只有那一点亮，带大糊涂走开。

当我们还在沿着这条路走的时候，虽然眼前只有那样一点亮，我们也只好跟着它走上去了。脚踏上一块新的界石的时候，固然常常引起我们回头去看；但是，我们仍要时时提醒自己：前面仍然有路。我前面不是说，我们又看到一条微白的长长的路引到雾里去吗？渺茫，自然；但不必气馁。譬如游山，走过了一段路之后，乘喘息未定的时候，回望来路，白云四合，当然很有意思的。倘再翘首前路，更有青霭流泛，不也增加游兴不少吗？而且，正因为渺茫，却更有味。当我翘首前望的时候，只看到雾海，茫茫一片，不辨山水云树。我们可以任意把想象加到上面。我们可以自己涂上粉红色，彩红色；任意制成各种的梦，各种的幻影，各种的蜃楼。制成以后，随便按上，无不适合。较之回头看时，只见残迹，只见过去的面影，趣味自然不同。这时，我们大概也要充满了欣慰与生力，怡然走上前去。倘若了如指掌，毫发都现，一眼便看到自己的坟墓，无所用其涂色；更无所用其蜃楼，只懒懒地抬起了沉重的腿脚，无可奈何地踱上去，不也大煞风景，生趣全丢吗？

然而，话又要说了回来。——虽然我们可以把未来涂上了彩色，制成了梦，幻影，和蜃楼；一想到，蜿蜒到灰雾里去的长长的路，仍然不过是长长的路，同从雾里蜿蜒出来的并不会有多大的差别；我们不禁又惘然了。我们知道，虽然说不定也有点变化，仍然要看到同样的那一套。真的，我们也只有看到同样的那一套。微微有点不同的，就是次序倒了过来。——我们将先看到到处闪动着的花的红影；以后，再看到苍郁欲滴的浓碧；以后，又看到萧瑟冷寂的黄雾；以后，再看到白皑皑的雪凝结在丫杈着刺着灰的天空的树枝上。中间点缀着的仍然是亮的白天，暗的黑夜。在白天里，我们填满了肚皮。在夜里，我们咧开大嘴打呼。照样地，白天接着黑夜，黑夜接着白天。于是到了一个界石，我们眼前仍然只有那短短的时间的一点亮。脚踏上这个界石的时候，说不定还要回过头来看到现在。现在早笼在灰雾里，埋在记忆里了。我们的心情大概不会同踏在现在的这块界石上回望以前有什么差别吧。看了微白的足迹从现在的脚下通到那时的脚下，微笑浮上心头呢？浮上嘴角呢？惘然呢？漠然呢？看了眼前的幕一点一点地撤去，惊呢？惧呢？喜呢？那就都不得而知了。

于是，通过了一块界石，又看上去，仍然是红影，浓碧，黄雾，白雪。亮的白天，暗的黑夜，一个推着一个，滚成一团，滚上去，像玉盘上的珍珠。终于我们看到些什么呢？灰蒙蒙；然而不新奇。但却又使我们战栗了。——在这微白的长长的路的终点，在雾的深处，谁也说不清是什么地方，有一个充满了威吓的黑洞，在向我们狞笑，那就是我们的归宿。障在我们眼前的幕，到底也不会撤去。我们眼前仍然只有当前一刹那的亮，带了一个大混沌，走进这个黑洞去。

走进这个黑洞去，其实也倒不坏，因为我们可以得到静息。但又不这样简单。中间经过几多花样，经过多长的路才能达到呢？谁知道。当我们还没有达到以前，脚下又正在踏着一块界石的时候，我们命定的只能向前看，或向后看。向后看，灰蒙蒙，不新奇了。向前看，灰蒙蒙，更不新奇了，然而，我们可以做梦。再要问：我们要做什么样的梦呢？谁知道。——一切都交给命运去安排吧。

1934 年 1 月 24 日

爽朗的笑声

据说，只有人是会笑的。我活在这个大地上几十年中，曾经笑过无数次，也曾看到别人笑过无数次。我从来没有琢磨过人会不会笑的问题，就好像太阳从东方出来，人们天天必须吃饭这样一些极其自然的、明明白白的、尽人皆知的、用不着去探讨的现象一样，无须再动脑筋去关心了。

然而，人是能够失掉笑的。

就连人能够失掉笑这个事实我以前也没有探讨过，不是用不着去探讨，而是没有想到去探讨，没有发现有探讨的必要；因为我从来还没有遇到过失掉了笑的人，没有想到过会有失掉了笑的人。

人又怎能失掉笑呢？

我认识一位参加革命几十年的老干部。虽然他资格老，然而从来不摆老资格，不摆架子。我一向对老干部怀着说不出的、极其深厚的、出自内心的感情与敬佩。他们好像是我的一面镜子，可以照见自己的不足，激励自己前进。因此，我就很愿意接近他，愿意对他谈谈自己的思想。当然并不限于这些。我们有时简直是海阔天空，

　　　　　　　我的心是一面镜子

上下古今，文学艺术，哲学宗教，无所不谈。他给我留下了非常深刻的印象，特别是在闲谈时他的笑声更使我永生难忘。这不是会心的微笑，而是出自肺腑的爽朗的笑声。这笑声悠扬而清脆，温和而热情；它好像有极大的感染力，一听到它，顿觉满室生春，连一桌一椅都仿佛充满了生气，一花一草都仿佛洋溢出活力。有时候我甚至觉得这笑声冲破了高楼大厦，冲出了窗户和门，到处飘流回荡，响彻了整个燕园。

想当初当我听到这笑声的时候，我并没有觉得它怎样难能可贵，怎样不可缺少，就同日光空气一样，抬眼就可以看到，张嘴就可以吸入。又像春天的和风，秋日的细雨；只要有春天，有秋天，自然而然地就可以得到。中国古诗说"司空见惯浑闲事"，我一下子变成了古时候的司空了。

然而好景不长，天空里突然堆起了乌云，跟着来的是一场暴风骤雨。这一场暴风骤雨真是来得迅猛异常。不但我们自己没有经受过，而且也没有听说别人曾经经受过。我们都仿佛当头挨了一棒，直打得天旋地转，昏头昏脑。

在这期间，我也曾几次遇到过他，都是在路上。我看到他从远处走了过来，垂目低头，步履蹒跚。以前我看惯了的他那种矫健的步伐，轻捷的行姿，已经消逝得无影无踪了。我有时候下意识地迎上前去，好像是要做点什么；但是快到跟前的时候，最多也不过彼此相顾一下，立刻又低下了头，别转开脸，我们已经到了彼此不敢讲话，不能讲话的地步了。至于在这样的时刻他是怎样想的，我说不清楚。我心里只觉得一阵凄凉，眼泪立刻夺眶而出了。

有一次，我在校医院门前遇到了他。这一回不是孤身一人，而是有一个年老的妇女扶着他。他的身体似乎更不行了，路好像都走不全，腿好像都迈不开，脚好像都抬不起，颤巍巍地好不容易地向前挪动，费了好大劲才挪进了医院的大门，看样子是患了病。我一时冲动，很想鼓足了勇气走上前去探问一声。然而我不敢。那暴风骤雨的情景猛孤丁地展现在我眼前，我那一点剩勇好像是微弱的爝火，经雨一打，立刻就熄灭了。我不敢保证，如果再有一次那样的暴风骤雨，是否我还能经受得住。我硬是压下了我那向前去探问的冲动，只是站在远处注视着他。我是多么关心他的身体啊！然而我无能为力，我只能站在一旁看。幸好他并没有注意到我，否则也会引起他内心的激动，这样的激动对他的身体肯定是没有好处的。我全神贯注地注视着他，看他走进了校医院的玻璃门，他的身影在里面直晃动，在挂号处停留了一会儿，又被搀扶到走廊里去，身影于是完全消逝，大概是到哪一个屋子门口去等候大夫呼唤了。

　　当时我虽然注视了他很久很久，但是在开头时并没有发现有什么特异的情况，对他的身体的关心占住了我整个的注意力。等到他的身影消逝以后，我猛然发现，他脸上一点笑容都没有，他成了一个不会笑的人，他已经把笑失掉，当然更不用说那爽朗的笑声了。我心里猛烈地一震，我自己的这一个平凡又伟大的发现使我吃惊。我从前只知道笑是人的本能；现在我又知道，人是连本能也会失掉的。我活了六十多年才发现了这样一个真理；然而这是一个多么残酷多么令人不寒而栗的真理啊！

　　我自己怎样呢？他在这里又在另外一种意义上成了我的一面镜

子。拿这面镜子一照：我同他原来是一模一样，我脸上也是一点笑容都没有，我也成了一个不会笑的人，我也把笑失掉了。如果自己不拿这面镜子来照一照，这情况我是不会知道的。因为没有一个人会告诉我，没有一个人敢告诉我。像我这样的人，当时是没有几个人肯同我说话的。如果有大胆的人敢同我说上几句话，我反而感到不自然，感到受宠若惊。不时飞来的轻蔑的一瞥，意外遇到的大声的申斥，我倒安之若素，倒觉得很自然。我当时就像白天的猫头鹰，只要能避开人，我一定避开；只要有小路，我决不走大路；只要有房后的野径，我连小路也不走。只要有熟人迎面走来，我远远地就垂下了头。我只恨地上没有洞；如果有的话，我一定会钻了进去，最好一辈子也不出来。在这样的情况下，一个人能笑得起来吗？让他把笑保留住不失掉能办得到吗？我也只能同那一位老干部一样变成了一个不会笑的人了。

通过那几年的切身经历，我深深地感觉到，一个人如果失掉了笑，那就意味着，他同时也已经失掉了希望，失掉了生趣，失掉了一切。他活在世界上，在别人眼中，在他自己眼中，实际上成了一个多余的人，他只不过是行尸走肉，苟延残喘而已。什么清风，什么明月，什么春花，什么秋实，在别人眼中，当然都是非常可爱的；然而在他眼中，却什么快感也引不起来。他在这世界上如浮云，如幻影；世界对他也如浮云，如幻影。他自己就像一个幽灵，踽踽独行于遮天盖地的辽阔的寂寞中。他成了一个路人，一个"过客"，在默默地等候大限的来临。

真理毕竟要胜利，乌云决不会永在。经过了一番风雨，燕园里又出现了阳光，全中国也出现了阳光。记得是在一个座谈会上，我同这一位革命老前辈又见面了。他头发又白了很多，脸上皱纹也增添了不少，走路显得异常困难，说话声音很低。才几年的工夫，他好像老了二十年。我的心情很沉重；但是同时又很愉快。我发现他脸上又有了笑容，他又把笑找回来了。在谈到兴会淋漓的时候，他大笑起来，虽然声音较低，但毕竟是爽朗的笑声。这样的笑声我已经很久很久没有听到了。乍听之下，有如钧天妙乐，滋润着我的心灵，温暖着我的耳朵，怡悦着我的眼睛，激动着我的四肢。我觉得，这爽朗的笑声，就像骀荡的春风一样，又仿佛吹遍了整个燕园，响彻了整个燕园。我仿佛还听到它响彻了高山、密林、通都、大邑、工厂、农村、机关、学校，响彻了整个祖国大地，而且看样子还要永远响下去。

我现在不但在这位革命老前辈的脸上看到了已经失掉而又找回来的笑，而且在很多人的脸上都看到了笑容；老年人、中年人、青年人、妇女、儿童，无一例外。把笑失掉，是不容易的；把笑重新找回来，就更困难。我相信，一个在沧海中失掉了笑的人，决不能做任何的事情。我也相信，一个曾经沧海又把笑找回来的人，却能胜任任何的艰巨。一个很多人失掉了笑而只有一小撮人能笑的民族，决不能长久立于世界民族之林。只有能笑、会笑、敢笑、重新找回了笑的民族，才能创建宏伟的事业，才能在短期内实现四个现代化，才能阔步前进，建成社会主义，最终达到人类大同之域。

发现只有人是会笑的，是科学家。发现人也是能失掉笑的，是曾经沧海的人。两者都是伟大的发现。曾经沧海的人发现了这个真理，决不会垂头丧气，而是加倍地精神抖擞。我认识的那一位革命老前辈，在这里又成了我的一面镜子。我们都要感激那个沧海，它在另一方面教育了我们。我从小就喜欢读苏东坡的词句："人有悲欢离合，月有阴晴圆缺，此事古难全。但愿人长久，千里共婵娟。"我想改一下最后两句："但愿人长笑，千里共婵娟。"我愿意永远永远听到那爽朗的笑声。

1979 年 1 月 31 日

（文章有删节）

1987 元旦试笔

　　从孩提到青年，年年盼望着过年。中年以后，年年害怕过年。而今已进入老境，既不盼望，也不害怕，觉得过年也平淡得很，我的心情也平淡得如古井寂波。

　　但是，夜半枕上，听到外面什么地方的爆竹声，我心里不禁一震：又过年了。仿佛在古井中投下了一块小石头。今天早晨起来，心中顿有年意，我要提笔写元旦试笔了。

　　时间本来是无始无终的，又没有任何痕迹。人类偏偏把三百六十多天定为一年，硬在时间上刻上痕记。这在天文学上不能说没有根据，对人类生活分上个春夏秋冬，也不无意义。你可切莫小看这个痕记，它实际上支配着我们的生命。人的一生要计算个年龄。皇帝老子要定个年号，和尚有僧腊，今天有工龄、教龄和党龄。工龄碰巧多上几天，工资就能向上调一级。什么地方你也逃不掉这一个人为的痕迹。

　　我也并没有处心积虑来逃掉。我只觉得，这有点自找麻烦。如果像原始人那样浑浑噩噩，不识不知，大概可以免掉不少麻烦：至少不会像后代文明人那样伤春悲秋，自伤老大。一切顺乎自然，心情要平静得多了。

我现在心情也平静得很，是在激烈活动后的平静。当人们意识到自己老大时，大概有两种反应：一是自伤自悲，一是认为这是自然规律，而处之泰然。我属于后者。去年一年，有几位算是老师一辈的学者离开人间，对我的心情不能说没有影响，我非常悲伤。但是，在内心深处，我认为这是自然规律，是极其平常的事情，短暂悲伤之后，立即恢复了平静，仍然兴致勃勃地活了下来。

活下来，就有希望。我希望在新的一年内，天下太平，人民康乐，我那些老师一辈的人不再匆匆离开人间，我自己也健康愉快，多做点对人民有益的工作。

1987 年元旦之晨

忘

记得曾在什么地方听过一个笑话：一个人善忘。一天，他到野外去出恭。任务完成后，却找不到自己的腰带了。出了一身汗，好歹找到了，大喜过望，说道："今天运气真不错，平白无故地捡了一条腰带！"一转身，不小心，脚踩到了自己刚才拉出来的屎堆上。于是勃然大怒："这是哪一条混账狗在这里拉了一泡屎？"

这本来是一个笑话，在我们现实生活中，未必会有的。但是，人一老，就容易忘事糊涂，却是经常见到的事。

我认识一位著名的画家，本来是并不糊涂的。但是，年过八旬以后，却慢慢地忘事糊涂起来。我们将近半个世纪以前就认识了，颇能谈得来，而且平常也还是有些接触的。然而，最近几年来，每次见面，他把我的尊姓大名完全忘了。从眼镜后面流出来的淳朴宽厚的目光，落到我的脸上，其中饱含着疑惑的神气。我连忙说："我是季羡林，是北京大学的。"他点头称是。但是，过了没有五分钟，他又问我："你是谁呀！"我敬谨回答如上。在每一次会面中，尽管时间不长，这样尴尬的局面总会出现几次。我心里想：老友确是老了！

有一年，我们邂逅在香港。一位有名的企业家设盛筵，宴嘉宾。香港著名的人物参加者为数颇多，比如饶宗颐、邵逸夫、杨振宁等先生都在其中。宽敞典雅、雍容华贵的宴会厅里，一时珠光宝气，璀璨生辉，可谓极一时之盛。至于菜肴之精美，服务之周到，自然更不在话下了。我同这一位画家老友都是主宾，被安排在主人座旁。但是正当觥筹交错，逸兴遄飞之际，他忽然站了起来，转身要走，他大概认为宴会已经结束，到了拜拜的时候了。众人愕然，他夫人深知内情，赶快起身，把他拦住，又拉回到座位上，避免了一场尴尬的局面。

前几年，中国敦煌吐鲁番学会在富丽堂皇的北京图书馆的大报告厅里举行年会。我这位画家老友是敦煌学界的元老之一，获得了普遍的尊敬。按照中国现行的礼节，必须请他上主席台并且讲话。但是，这却带来了困难。像许多老年人一样，他脑袋里刹车的部件似乎老化失灵。一说话，往往像开汽车一样，刹不住车，说个不停，没完没了。会议是有时间限制的，听众的忍耐也决非无限。在这危难之际，我同他的夫人商议，由她写一个简短的发言稿，往他口袋里一塞，叮嘱他念完就算完事，不悖行礼如仪的常规。然而他一开口讲话，稿子之事早已忘入九霄云外。看样子是打算从盘古开天辟地讲起。照这样下去，讲上几千年，也讲不到今天的会。到了听众都变成了化石的时候，他也许才讲到春秋战国！我心里急如热锅上的蚂蚁，忽然想到：按既定方针办。我请他的夫人上台，从他的口袋掏出了讲稿，耳语了几句。他恍然大悟，点头称是，把讲稿念完，回到原来的座位。于是一场惊险才化险为夷，皆大欢喜。

我比这位老友小六七岁。有人赞我耳聪目明，实际上是耳欠聪，目欠明。如人饮水，冷暖自知，其中滋味，实不足为外人道也。但是，我脑袋里的刹车部件，虽然老化，尚可使用。再加上我有点自知之明，我的新座右铭是：老年之人，刹车失灵，戒之在说。一向奉行不违，还没有碰到下不了台的窘境。在潜意识中颇有点沾沾自喜了。

然而我的记忆机构也逐渐出现了问题。虽然还没有达到画家老友那样"神品"的水平，也已颇有可观。在这方面，我是独辟蹊径，创立了有季羡林特色的"忘"的学派。

我一向对自己的记忆力，特别是形象的记忆，是颇有一点自信的。四五十年前，甚至六七十年前的一个眼神，一个手势，至今记忆犹新，召之即来，显现在眼前，耳旁，如见其形，如闻其声，移到纸上，即成文章。可是，最近几年以来，古旧的记忆尚能保存，对眼前非常熟的人，见面时往往忘记了他的姓名。在第一瞥中，他的名字似乎就在嘴边，舌上。然而一转瞬间，不到十分之一秒，这个呼之欲出的姓名，就蓦地隐藏了起来，再也说不出了。说不出，也就算了，这无关宇宙大事，国家大事，甚至个人大事，完全可以置之不理的。而且脑袋里像电灯似的断了的保险丝，还会接上的。些许小事，何必介意？然而不行，它成了我的一块心病。我像着了魔似的，走路，看书，吃饭，睡觉，只要思路一转，立即想起此事。好像是，如果想不出来，自己就无法活下去，地球就停止了转动。我从字形上追忆，没有结果；我从发音上追忆，结果杳然。最怕半夜里醒来，本来睡得香香甜甜，如果没有干扰，保证一夜幸福。然而，像电光石火一闪，名字问题又浮现出来。古人常说的平旦之气，是非常美妙的，然而此时却美妙不起来了。我辗转反侧，瞪着眼一直瞪到天亮。其苦味实不足为外人道也。但是，不知道是哪一位神灵保佑，脑袋又像电光石火似的忽然一闪，他的姓名一下子出现了。古人形容快乐常说"洞房花烛夜，金榜题名时"，差可同我此时的心情相比。

这样小小的悲喜剧，一出刚完，又会来第二出，有时候对于同一个人的姓名，竟会上演两出这样的戏。而且出现的频率还是越来越多。自己不得不承认，自己确实是老了。郑板桥说："难得糊涂。"对我来说，并不难得，我于无意中得之，岂不快哉！

然而忘事糊涂就一点好处都没有吗？

我认为，有的，而且很大。自己年纪越来越老，对于"忘"的评价却越来越高，高到了宗教信仰和哲学思辨的水平。苏东坡的词说："人有悲欢离合，月有阴晴圆缺，此事古难全。"他是把悲和欢，离和合并提。然而古人说：不如意事常八九。这是深有体会之言。悲总是多于欢，离总是多于合，几乎每个人都是这样。如果造物主——如果真有的话——不赋予人类以"忘"的本领——我宁愿称之为本能，那么，我们人类在这么多的悲和离的重压下，能够活下去吗？我常常暗自胡思乱想：造物主这玩意儿（用《水浒》的词儿，应该说是"这话儿"）真是非常有意思。他（她？它？）既严肃，又油滑；既慈悲，又残忍。老子说："天地不仁，以万物为刍狗。"这话真说到了点子上。人生下来，既能得到一点乐趣，又必须忍受大量的痛苦，后者所占的比重要多得多。如果不能"忘"，或者没有"忘"这个本能，那么痛苦就会时时刻刻都新鲜生动，时时刻刻像初产生时那样剧烈残酷地折磨着你。这是任何人都无法忍受下去的。然而，人能"忘"，渐渐地从剧烈到淡漠，再淡漠，再淡漠，终于只剩下一点残痕；有人，特别是诗人，甚至爱抚这一点残痕，写出了动人心魄的诗篇，这样的例子，文学史上还少吗？

因此，我必须给赋予我们人类"忘"的本能的造化小儿大唱赞歌。试问，世界上哪一个圣人、贤人、哲人、诗人、阔人、猛人、这人、那人，能有这样的本领呢？

我还必须给"忘"大唱赞歌。试问：如果人人一点都不忘，我们的世界会成什么样子呢？

遗憾的是，我现在尽管在"忘"的方面已经建立了有季羡林特色的学派，可是自谓在这方面仍是钝根。真要想达到我那位画家朋友的水平，仍须努力。如果想达到我在上面说的那个笑话中人的境界，仍是可望而不可即。但是，我并不气馁，我并没有失掉信心，有朝一日，我总会达到的。勉之哉！勉之哉！

1993 年 7 月 6 日

时间

　　一抬头，就看到书桌上座钟的秒针在一跳一跳地向前走动。它那里一跳，我的心就一跳。孔子说："逝者如斯夫，不舍昼夜！"这里指的是水。水永远不停地流逝，让孔夫子吃惊兴叹。我的心跳，跳的是时间。水是能看得见，摸得着的。时间却看不见，摸不着的，它的流逝你感觉不到，然而确实是在流逝。现在我眼前摆上了座钟，它的秒针一跳一跳，让我再清楚不过地看到了时间的流逝，焉能不心跳？焉能不兴叹呢？

　　远古的人大概是很幸福的。他们日出而作，日入而息，根据太阳的出没来规定自己的活动。即使能感到时间的流逝，也只在依稀隐约之间。后来，他们聪明了，根据太阳光和阴影的推移，把时间称做光阴。再后来，人们的聪明才智更提高了，用铜壶滴漏的办法来显示和测定时间的推移，这是用人工来抓住看不见摸不着的时间的尝试。到了近几百年，人类发明了钟表，把时间的存在与流逝清清楚楚地摆在每一个人的面前。这是人类文明进步的表现。但是，正如人们常说的那样，"有一利必有一弊"，人类成了时间的奴隶，成了手表的奴隶。现在各种各样的会极多，开会必须规定时间，几点几分，不能任意伸缩。如果参加重要的会而路上偏偏赶上堵车，任你怎样焦急，怎样频频看手表，都是白搭。这不是典型的时间的奴隶又是什么呢？然而，话又说了回来，在今天头绪纷纭杂乱有章的社会里，开会不定时间，还像古人那样"日出而作，日入而息"，悠哉游哉，顺帝之则，今天的社会还能运转吗？不管你愿意不愿意，成为时间的奴隶就正是文明的表现。

不管你意识到还是没有意识到，大自然还是把虚无缥缈的时间用具体的东西暗示给了人们。比如用日出日落标志出一天，用月亮的圆缺标志出一月，用四季（在印度是六季或者两季）标志出一年。农民最关心这些问题，一年二十四个节气对他们种庄稼有重要意义。在自然科学家和哲学家眼中，时间具有另外的意义。他们说，大千世界，人类万物，都生长在时间和空间内，而时间是无头无尾的，空间是无边无际的。我既不是自然科学家，也不是哲学家，对无头无尾和无边无际实在难以理解。可是不这样又能怎样呢？如果时间有了头尾，头以前尾以后又是什么呢？因此，难以理解也只得理解，此外更没有其他途径。

生与死也属于时间范畴。一般人总是把生与死绝对对立起来。但是，中国古代的道家却主张"万物方生方死"，把生与死辩证地联系在一起，而且准确无误道出了生即是死的关系。随着座钟秒针的一跳，我自己就长了无法用言语表达出来的那么一点点儿。同时也就是向着死亡走近了那么一点点儿。不但我是这样，现在正是初夏，窗外的玉兰花、垂柳和深埋在清塘里的荷花，也都长了那么一点点儿。不久前还是冰封的湖水，现在是"风乍起，吹皱一池夏水"，波光潋滟，水色接天。岸上的垂杨，从光秃秃的枝条上逐渐长出了小叶片，一转瞬间，出现了一片鹅黄；再一转瞬，就是一片嫩绿，现在则是接近浓绿了。小山上原来是一片枯草，"一夜东风送春暖，满山开遍二月兰"。今年是二月兰的大年，山上地下，只要有空隙，二月兰必然出现在那里，座钟的秒针再跳上多少万次，二月兰即将枯萎，也就是走向暂时的死亡了。所有这些东西，都是方生方死。这是自然的规律，不可逆转的。

印度人是聪明的，他们把时间和死亡视为一物。梵文 hāla，既是"时间"，又是"死亡或死神"。《罗摩衍那》的主人公罗摩，在活了极长的时间以后，hāla 走上门来，这表示他就要死亡了。罗摩泰然处之，既不"饮恨"，也不"吞声"。他知道这是自然规律，人类是无能为力的。我们今天知道，不但人类是这样，世界上万事万物都有始有终，无一例外。"顺其自然"是最好的办法。我在这里顺便说一下。在梵文里，动词"死"的字根是 mn；但是此字不用 manati 来表示现在时，而是用被动式 mniyati（ti），这表示，印度人认为"死"是被动的，主动自杀者究属少数。

同印度人比较起来，中国人大概希望争取长生。越是有钱有势的人越希望活下去，在旧社会里生活在水深火热中的小百姓，决不会愿意长远活下去的。而富有天下的天子则热切希望长生。中国历史上几位有名的英主，莫不如此。秦始皇和汉武帝都寻求不死之药或者仙丹什么的。连唐太宗都是服用了印度婆罗门的"仙药"而中毒身亡的。老百姓书呆子中也有寻求肉身升天的，而且连鸡犬都带了上去。我这个木头脑袋瓜真想也想不通。如果真有那么一个"天"的话，人数也不会太多。升到那里去干些什么呢？那里不会有官僚衙门，想走后门靠贿赂来谋求升官，没有这个可能。那里也不会有什么市场，什么WTO，想发财也英雄无用武之地。想打麻将，唱卡拉OK，唱几天，打几天，还是会有兴趣的，但让你一月月一年年永远打下去，你受得了吗？养鸡喂狗，永远喂下去，你也受不了。"不为无益之事，何以遣有涯之生！"无益之事天上没有。在天上待长了，你一定会自杀的。苏东坡说"起舞弄清影，何似在人间！"是有见地之言。我们还是老老实实待在人间吧。

要待在人间，就必须受时间的制约。在时间面前，人人平等。如果想不通我在上面说的那一些并不深奥的道理，时间就变成了枷锁，让你处处感到不舒服。但是，如果真想通了，则戴着枷锁跳舞反而更能增加一些意想不到的兴趣。我自认是想通了。现在照样一抬头就看到书桌上座钟的秒针一跳一跳地向前走动，但是我的心却不跳了。我觉得这是时间给我提醒儿，让我知道时间的价值。"一寸光阴不可轻"，朱子这一句诗对我这个年过九十的老头儿也是适用的。

2002 年 3 月 31 日

八十述怀

　　我从来没有想到，我能活到八十岁；如今竟然活到了八十岁，然而又一点也没有八十岁的感觉。岂非咄咄怪事！

　　我向无大志，包括自己活的年龄在内。我的父母都没能活过五十；因此，我自己的原定计划是活到五十。这样已经超过了父母，很不错了。不知怎么一来，宛如一场春梦，我活到了五十岁。那时正值所谓三年自然灾害。我流年不利，颇挨了一阵子饿。但是，我是"曾经沧海难为水"，在二次世界大战时，我正在德国，我经受了而今难以想象的饥饿的考验，以致失去了饱的感觉。我们那一点灾害，同德国比起来，真如小巫见大巫；我从而顺利地度过了那一场灾难，而且我当时的精神面貌是我一生最好的时期，一点苦也没有感觉到，于不知不觉中冲破了我原定的年龄计划，度过了五十岁大关。

　　五十一过，又仿佛一场春梦似的，一下子就到了古稀之年，不容我反思，不容我踟蹰。其间跨越了一个"十年浩劫"。我当然是在劫难逃，被送进牛棚。我现在不知道应当感谢哪一路神灵：佛祖、上帝、安拉；由于一个万分偶然的机缘，我没有走上绝路，活下来了。活下来了，我不但没有感到特别高兴，反而时有悔愧之感在咬我的心。活下来了，也许还是有点好处的。我一生写作翻译的高潮，恰恰出现在这个期间。原因并不神秘：我获得了余裕和时间。在浩劫期间，我被打得一佛出世，二佛升天。后来不打不骂了，我却变成了"不可接触者"。在很长时间内，我被分配挖大粪，看门房，守电话，发信件。没有以前的会议，没有以前的发言。没有人敢来找我，很少人有勇气同我谈上几句话。一两年内，没收到一封信。我服从任何人的调遣与指挥。只敢规规矩矩，不敢乱说乱动。然而我的脑筋还在，我的思想还在，我的感情还在，我的理智还在。我不甘心成为行尸走肉，我必须干点事情。二百多万字的印度大史诗《罗摩衍那》，就是在这时候译完的。"雪夜闭门写禁文"，自谓此乐不减羲皇上人。

又仿佛是一场缥缈的春梦，一下子就活到了今天，行年八十矣，是古人称之为耄耋之年了。倒退二三十年，我这个在寿命上胸无大志的人，偶尔也想到耄耋之年的情况：手拄拐杖，白须飘胸，步履维艰，老态龙钟。自谓这种事情与自己无关，所以想得不深也不多。哪里知道，自己今天就到了这个年龄了。今天是新年元旦。从夜里零时起，自己已是不折不扣的八十老翁了。然而这老景却真如古人诗中所说的"青霭入看无"，我看不到什么老景。看一看自己的身体，平平常常，同过去一样。看一看周围的环境，平平常常，同过去一样。金色的朝阳从窗子里流了进来，平平常常，同过去一样。楼前的白杨，确实粗了一点，但看上去也是平平常常，同过去一样。

　　　　　　我的心是一面镜子

时令正是冬天，叶子落尽了，但是我相信，它们正蜷缩在土里，做着春天的梦。水塘里的荷花只剩下残叶，"留得残荷听雨声"，现在雨没有了，上面只有白皑皑的残雪。我相信，荷花们也蜷缩在淤泥中，做着春天的梦。总之，我还是我，依然故我：周围的一切也依然是过去的一切……

我是不是也在做着春天的梦呢？我想，是的。我现在也处在严寒中，我也梦着春天的到来。我相信英国诗人雪莱的两句话："既然冬天已经到了，春天还会远吗？"我梦着楼前的白杨重新长出了浓密的绿叶；我梦着池塘里的荷花重新冒出了淡绿的大叶子；我梦着春天又回到了大地上。

可是我万万没有想到，"八十"这个数目字竟有这样大的威力，一种神秘的威力。"自己已经八十岁了！"我吃惊地暗自思忖。它逼迫着我向前看一看，又回头看一看。向前看，灰蒙蒙的一团，路不清楚，但也不是很长。确实没有什么好看的地方。不看也罢。

而回头看呢，则在灰蒙蒙的一团中，清晰地看到了一条路，路极长，是我一步一步地走过来的，这条路的顶端是在清平县的官庄。我看到了一片灰黄的土房，中间闪着苇塘里的水光，还有我大奶奶和母亲的面影。这条路延伸出去，我看到了泉城的大明湖。这条路又延伸出去，我看到了水木清华，接着又看到德国小城哥廷根斑斓的秋色，上面飘动着我那母亲似的女房东和祖父似的老教授的面影。路陡然又从万里之外折回到神州大地，我看到了红楼，看到了燕园的湖光塔影。令人泄气而且大煞风景的是，我竟又看到了牛棚的牢头禁子那一副牛头马面似的狞恶的面孔。再看下去，路就缩住了，一直缩到我的脚下。

在这一条十分漫长的路上，我走过阳关大道，也走过独木小桥。路旁有深山大泽，也有平坡宜人；有杏花春雨，也有塞北秋风；有山重水复，也有柳暗花明；有迷途知返，也有绝处逢生。路太长了，时间太长了，影子太多了，回忆太重了。我真正感觉到，我负担不了，也忍受不了，我想摆脱掉这一切，还我一个自由自在身。

回头看既然这样沉重，能不能向前看呢？我上面已经说到，向前看，路不是很长，没有什么好看的地方。我现在正像鲁迅的散文诗《过客》中的那一个过客。他不知道是从什么地方走来的，终于走到了老翁和小女孩的土屋前面，讨了点水喝。老翁看他已经疲惫不堪，劝他休息一下。他说："从我还能记得的时候起，我就在这么走，要走到一个地方去，这地方就在前面。我单记得走了许多路，现在来到这里了。我接着就要走向那边去……况且还有声音在前面催促我，叫唤我，使我息不下。"那边，西边是什么地方呢？老人说："前面，是坟。"小女孩说："不，不，不的。那里有许多野百合，野蔷薇，我常常去玩，去看他们的。"

我理解这个过客的心情，我自己也是一个过客。但是却从来没有什么声音催着我走，而是同世界上任何人一样，我是非走不行的，不用催促，也是非走不行的。走到什么地方去呢？走到西边的坟那里，这是一切人的归宿。我记得屠格涅夫的一首散文诗里，也讲了这个意思。我并不怕坟，只是在走了这么长的路以后，我真想停下来休息片刻。然而我不能，不管你愿意不愿意，反正是非走不行。聊以自慰的是，我同那个老翁还不一样，有的地方颇像那个小女孩，我既看到了坟，也看到野百合和野蔷薇。

我面前还有多少路呢？我说不出，也没有仔细想过。冯友兰先生说："何止于米？相期以茶。""米"是八十八岁，"茶"是一百零八岁。我没有这样的雄心壮志。我是"相期以米"。这算不算是立大志呢？我是没有大志的人，我觉得这已经算是大志了。

我从前对穷通寿夭也是颇有一些想法的。"十年浩劫"以后，我成了陶渊明的志同道合者。他的一首诗，我很欣赏：

纵浪大化中

不喜亦不惧

应尽便须尽

无复独多虑

我现在就是抱着这种精神，昂然走上前去。只要有可能，我一定做一些对别人有益的事，决不想成为行尸走肉。我知道，未来的路也不会比过去的更笔直，更平坦。但是我并不恐惧。我眼前还闪动着野百合和野蔷薇的影子。

1991 年 1 月 1 日

难得糊涂

　　清代郑板桥提出来的亦书写出来的"难得糊涂"四个大字，在中国，真可以说是家喻户晓，尽人皆知的。一直到今天，二百多年过去了，但在人们的文章里，讲话里，以及嘴中常用的口语中，这四个字还经常出现，人们都耳熟能详。

　　我也是难得糊涂党的成员。

　　不过，在最近几个月中，在经过了一场大病之后，我的脑筋有点开了窍。我逐渐发现，糊涂有真假之分，要区别对待，不能眉毛胡子一把抓。

　　什么叫真糊涂，而什么又叫假糊涂呢？

　　用不着作理论上的论证，只举几个小事例就足以说明了。例子就从郑板桥举起。

　　郑板桥生在清代乾隆年间，所谓康乾盛世的下一半。所谓盛世历代都有，实际上是一块其大无垠的遮羞布。在这块布下面，一切都照常进行。只是外寇来的少，人民作乱者寡，大部分人能勉强吃饱了肚子，"不识不知，顺帝之则"了。最高统治者的宫廷斗争，仍

　　　　　　　我的心是一面镜子

然是血腥淋漓，外面小民是不会知道的。历代的统治者都喜欢没有头脑没有思想的人；有这两个条件的只是士这个阶层。所以士一直是历代统治者的眼中钉。可离开他们又不行。于是胡萝卜与大棒并举。少部分争取到皇帝帮闲或帮忙的人，大致已成定局。等而下之，一大批士都只有一条向上爬的路——科举制度，成功与否，完全看自己的运气。翻一翻《儒林外史》，就能洞悉一切。但同时皇帝也多以莫须有的罪名大兴文字狱，杀鸡给猴看。统治者就这样以软硬兼施的手法，统治天下。看来大家都比较满意。但是我认为，这是真糊涂，如影随形，就在自己身上，并不"难得"。

我的结论是：真糊涂不难得，真糊涂是愉快的，是幸福的。

此事古已有之，历代如此。《楚辞》所谓"举世皆浊我独清，众人皆醉我独醒"，所谓"醉"，就是我说的糊涂。

可世界上还偏有郑板桥这样的人，虽然人数极少极少，但毕竟是有的。他们为天地留了点正气。他已经考中了进士。据清代的一本笔记上说，由于他的书法不是台阁体，没能点上翰林，只能外放当一名知县，"七品官耳"。他在山东潍县做了一任县太爷，又偏有良心，同情小民疾苦，有在潍县衙斋里所做的诗为证。结果是上官逼，同僚挤，他忍受不了，只好丢掉乌纱帽，到扬州当八怪去了。他一生诗书画中都有一种愤闷不平之气，有如司马迁的《史记》。他倒霉就倒在世人皆醉而他独醒，也就是世人皆真糊涂而他独必须装糊涂，假糊涂。

我的结论是：假糊涂才真难得，假糊涂是痛苦，是灾难。

现在说到我自己。

我初进三〇一医院的时候，始终认为自己患的不过是癣疥之疾。隔壁房间里主治大夫正与北大校长商议发出病危通告，我这里却仍然嬉皮笑脸，大说其笑话。终医院里的四十六天，我始终没有危急感。现在想起来，真正后怕。原因就在，我是真糊涂，极不难得，极为愉快。

我虔心默祷上苍，今后再也不要让真糊涂进入我身，我宁愿一生背负假糊涂这一个十字架。

2002 年 12 月 2 日在三〇一医院于
大夫护士嘈杂声中写成，亦一快事也。

老年谈老

老年谈老，就在眼前；然而谈何容易！

原因何在呢？原因就在，自己有时候承认老，有时候又不承认，真不知道从何处谈起。

记得很多年以前，自己还不到六十岁的时候，有人称我为"季老"，心中颇有反感，应之逆耳，不应又不礼貌，左右两难，极为尴尬。然而曾几何时，在不知不觉中，渐渐地听得入耳了，有时甚至还有点甜蜜感。自己吃了一惊：原来自己真是老了，而且也承认老了。至于这个大转变是从什么时候开始的，自己有点茫然懵然，我正在推敲而且研究。

不管怎样，一个人承认老是并不容易的。我的一位九十岁出头的老师有一天对我说，他还不觉得老，其他可知了。我认为，在这里关键是一个"渐"字。若干年前，我读过丰子恺先生一篇含有浓厚哲理的散文，讲的就是这个"渐"字。这个字有大神通力，它在人生中的作用决不能低估。人们有了忧愁痛苦，如果不渐渐地淡化，则一定会活不下去的。人们逢到极大的喜事，如果不渐渐地恢复平静，则必然会忘乎所以，高兴得发狂。人们进入老境，也是逐渐感觉到的。能够感觉到老，其妙无穷。人们渐渐地觉得老了，从积极方面来讲，它能够提醒你：一个人的岁月决不是取之不尽用之不竭的，应该抓紧时间，把想做的事情做完，做好，免得无常一到，后悔无及。从消极方面来讲，一想到自己的年龄，那些血气方刚时干的勾当就不应该再去硬干。个别喜欢争名于朝、争利于市的人，或许也能收敛一点。老之为用大矣哉！

我自己是怎样对待老年呢？说来也颇为简单。我虽年届耄耋，内部零件也并不都非常健全；但是我处之泰然，我认为，人上了年纪，有点这样那样的病，是合乎自然规律的，用不着大惊小怪。如果年老了，硬是一点病都没有，人人活上二三百岁甚至更长的时间，那么今天狂呼"老龄社会"者，恐怕连嗓子也会喊哑，而且吓得浑身发抖，连地球也会被压塌的。我不想做长生的梦。我对老年，甚至对人生的态度是道家的。我信奉陶渊明的两句诗：

纵浪大化中

不喜亦不惧

这就是我对待老年的态度。

看到我已经有了一把子年纪，好多人都问我：有没有什么长寿秘诀。我的答复是：我的秘诀就是没有秘诀，或者不要秘诀。我常常看到有一些相信秘诀的人，禁忌多如牛毛。这也不敢吃，那也不敢尝，比如，吃鸡蛋只吃蛋清，不吃蛋黄，因为据说蛋黄胆固醇高；

动物内脏决不入口，同样因为胆固醇高。有的人吃一个苹果要消三次毒，然后削皮；削皮用的刀子还要消毒，不在话下；削了皮以后，还要消一次毒，此时苹果已经毫无苹果味道，只剩下消毒药水味了。从前有一位化学系的教授，吃饭要仔细计算卡路里的数量，再计算维生素的数量，吃一顿饭用的数学公式之多等于一次实验。结果怎样呢？结果每月饭费超过别人十倍，而人却瘦成一只干巴鸡。一个人到了这个地步，还有什么人生之乐呢？如果再戴上放大百倍的显微镜眼镜，则所见者无非细菌，试问他还能活下去吗？

至于我自己呢，我决不这样做，我一无时间，二无兴趣。凡是我觉得好吃的东西我就吃，不好吃的我就不吃，或者少吃，卡路里、维生素统统见鬼去吧。心里没有负担，胃口自然就好，吃进去的东西都能很好地消化。再辅之以腿勤、手勤、脑勤，自然百病不生了。脑勤我认为尤其重要。如果非要让我讲出一个秘诀不行的话，那么我的秘诀就是：千万不要让脑筋懒惰，脑筋要永远不停地思考问题。

我已年届耄耋，但是，专就北京大学而论，倚老卖老，我还没有资格。在教授中，按年龄排队，我恐怕还要排到二十多位以后。我幻想眼前有一个按年龄顺序排列的向八宝山进军的北大教授队伍。我后面的人当然很多。但是向前看，我还算不上排头，心里颇得安慰，并不着急。可是偏有一些排在我后面的比我年轻的人，风风火火，抢在我前面，越过排头，登上山去。我心里实在非常惋惜，又有点怪他们，今天我国的平均寿命已经超过七十岁，比解放前增加了一倍，你们正在精力旺盛时期，为国效力，正是好时机，为什么非要抢先登山不行呢？这我无法阻拦，恐怕也非本人所愿。不过我已下定决心，决不抢先夹塞。

不抢先夹塞活下去目的何在呢？要干些什么事呢？我一向有一个自己认为是正确的看法：人吃饭是为了活着，但活着却不是为了吃饭。到了晚年，更是如此。我还有一些工作要做，这些工作对人民对祖国都还是有利的，不管这个"利"是大是小。我要把这些工作做完，同时还要再给国家培养一些人材。我仍然要老老实实干活，清清白白做人，决不干对不起祖国和人民的事；要尽量多为别人着想，少考虑自己的得失。人过了八十，金钱富贵等同浮云，要多为下一代操心，少考虑个人名利，写文章决不剽窃抄袭，欺世盗名。等到非走不行的时候，就顺其自然，坦然离去，无愧于个人良心，则吾愿足矣。

要说的话已经说完，但是我还想借这个机会发点牢骚。我在上面提到"老龄社会"这个词儿。这个概念我是懂得的，有一些措施我也是赞成的。什么干部年轻化，教师年轻化，我都举双手赞成。但是我对报纸上天天大声叫嚷"老龄社会"，却有极大的反感。好像人一过六十就成了社会的包袱，成了阻碍社会进步的绊脚石，我看有点危言耸听，不知道用意何在。我自己已是老人，我也观察过许多别的老人。他们中游手好闲者有之，躺在医院里不能动的有之，天天提鸟笼持钓竿者有之，如此等等，不一而足。但这只是少数，并不是老人的全部。还有不少老人虽然已经寿登耄耋，年逾（注：应为"近"）期颐，向着白寿甚至茶寿进军，但仍然勤勤恳恳，焚膏继晷，兀兀穷年，难道这样一些人也算是社会的包袱吗？我倒不一定赞成"姜是老的辣"这样一句话。年轻人朝气蓬勃，是我们未来希望之所在，让他们登上要路津，是完全必要的。但是对老年人也不必天天絮絮叨叨，耳提面命："你们已经老了！你们已经不行了！对老龄社会的形成你们不能辞其咎呀！"这样做有什么用处呢？随着生活的日益改善，人们的平均寿命还要提高，将来老年人在社会中所占的比例还要提高。即使你认为这是一件坏事，你也没有法子改变。听说从前钱玄同先生主张，人过四十一律枪毙。这只是愤激之辞，有人作诗讽刺他自己也活过了四十而照样活下去。我们有人老是为社会老龄化担忧，难道能把六十岁以上的人统统赐自尽吗？老龄化同人口多不是一码事。担心人口爆炸，用计划生育的办法就能制止。老龄化是自然趋势，而且无法制止。既然无法制止，就不必瞎嚷，这是徒劳无益的。我总怀疑，"老龄化"这玩意儿也是从外国进口的舶来品。西方人有同我们不同的伦理概念。我们大可以不必东施效颦。质诸高明，以为如何？

牢骚发完，文章告终，过激之处，万望包容。

1991 年 7 月 15 日

毁誉

好誉而恶毁，人之常情，无可非议。

古代豁达之人倡导把毁誉置之度外。我则另持异说，我主张把毁誉置之度内。置之度外，可能表示一个人心胸开阔；但是，我有点担心，这有可能表示一个人的糊涂或颟顸。

我主张对毁誉要加以细致的分析。首先要分清：谁毁你？谁誉你？在什么时候？在什么地方？由于什么原因？这些情况弄不清楚，只谈毁誉，至少是有点模糊。

我记得在什么笔记上读到过一个故事。一个人最心爱的人，只有一只眼。于是他就觉得天下人（一只眼者除外）都多长了一只眼。这样毁誉能靠得住吗？

还有我们常常讲什么"党同伐异"，又讲什么"臭味相投"等等。这样的毁誉能相信吗？

孔门贤人子路"闻过则喜"，古今传为美谈。我根本做不到，而且也不想做到，因为我要分析：是谁说的？在什么时候，在什么地点，因为什么而说的？分析完了以后，再定"则喜"，或是"则怒"。喜，我不会过头。怒，我也不会火冒十丈，怒发冲冠。孔子说："野哉，由也！"大概子路是一个粗线条的人物，心里没有像我上面说的那些弯弯绕。

我自己有一个颇为不寻常的经验。我根本不知道世界上有某一位学者，过去对于他的存在，我一点都不知道；然而，他却同我结了怨。因为，我现在所占有的位置，他认为本来是应该属于他的，是我这个"鸠"把他这个"鹊"的"巢"给占据了。因此，勃然对我心怀不满。我被蒙在鼓里，很久很久，最后才有人透了点风给我。我知道，天下竟有这种事，只能一笑置之。不这样又能怎样呢？我想向他道歉，挖空心思，也找不出丝毫理由。

大千世界，芸芸众生，由于各人禀赋不同，遗传基因不同，生活环境不同；所以各人的人生观、世界观、价值观、好恶观等等，都不会一样，都会有点差别。比如吃饭，有人爱吃辣，有人爱吃咸，有人爱吃酸，如此等等。又比如穿衣，有人爱红，有人爱绿，有人爱黑，如此等等。在这种情况下，最好是各人自是其是，而不必非人之非。俗语说："各扫自家门前雪，不管他人瓦上霜。"这话本来有点贬义，我们可以正用。每个人都会有友，也会有"非友"，我不用"敌"这个词儿，避免误会。友，难免有誉；非友，难免有毁。碰到这种情况，最好抱上面所说的分析的态度，切不要笼而统之，一锅糊涂粥。

好多年来，我曾有过一个"良好"的愿望：我对每个人都好，也希望每个人对我都好。只望有誉，不能有毁。最近我恍然大悟，那是根本不可能的。如果真有一个人，人人都说他好，这个人很可能是一个极端圆滑的人，圆滑到琉璃球又能长上脚的程度。

1997 年 6 月 23 日

长寿之道

我已经到了望九之年，可谓长寿矣。因此经常有人向我询问长寿之道，养生之术。

我敬谨答曰："养生无术是有术。"

这话看似深奥，其实极为简单明了。我有两个朋友，十分重视养生之道。每天锻炼身体，至少要练上两个钟头。曹操诗曰："对酒当歌，人生几何？"人生不过百年，每天费上两个钟头，统计起来，要有多少钟头啊！利用这些钟头，能做多少事情呀！如果真有用，也还罢了。他们两人，一个先我而走，一个卧病在家，不能出门。

因此，我首创了三"不"主义：不锻炼，不挑食，不嘀咕。名闻全国。

我这个三不主义，容易招误会，我现在利用这个机会解释一下。我并不绝对反对适当的体育锻炼，但不要过头。一个人如果天天望长寿如大旱之望云霓，而又绝对相信体育锻炼，则此人心态恐怕有点失常，反不如顺其自然为佳。

至于不挑食，其心态与上面相似。常见有人年才逾不惑，就开始挑食，蛋黄不吃，动物内脏不吃，每到吃饭，战战兢兢，如履薄冰，窘态可掬，看了令人失笑。以这种心态而欲求长寿，岂非南辕而北辙！

我个人认为，第三点最为重要。对什么事情都不嘀嘀咕咕，心胸开朗，乐观愉快，吃也吃得下，睡也睡得着，有问题则设法解决之，有困难则努力克服之，决不视芝麻绿豆大的窘境如苏迷庐山般大，也决不毫无原则随遇而安，决不玩世不恭。"应尽便须尽，无复独多虑。"有这样的心境，焉能不健康长寿？

我现在还想补充一点，很重要的一点。根据我个人七八十年的经验，一个人决不能让自己的脑筋投闲置散，要经常让脑筋活动着。根据外国一些科学家实验结果，"用脑伤神"的旧说法已经不能成立，应改为"用脑长寿"。人的衰老主要是脑细胞的死亡。中老年人的脑细胞虽然天天死亡；但人一生中所启用的脑细胞只占细胞总量的四分之一，而且在活动的情况下，每天还有新的脑细胞产生。只要脑筋的活动不停止，新生细胞比死亡细胞数目还要多。勤于动脑筋，则能经常保持脑中血液的流通状态，而且能通过脑筋协调控制全身的功能。

我过去经常说："不要让脑筋闲着。"我就是这样做的。结果是有人说我"身轻如燕，健步如飞"。这话有点过了头，反正我比同年龄人要好些，这却是真的。原来我并没有什么科学根据，只能算是一种朴素的直觉。现在读报纸，得到了上面认识。在沾沾自喜之余，谨作补充如上。

这就是我的"长寿之道"。

1997 年 10 月 29 日

不完满才是人生

　　每个人都争取一个完满的人生。然而，自古及今，海内海外，一个百分之百完满的人生是没有的。所以我说，不完满才是人生。

　　关于这一点，古今的民间谚语，文人诗句，说到的很多很多。最常见的比如苏东坡的词："人有悲欢离合，月有阴晴圆缺，此事古难全。"南宋方岳（根据吴小如先生考证）诗句："不如意事常八九，可与人言无二三。"这都是我们时常引用的，脍炙人口的。类似的例子还能够举出成百上千来。

　　这种说法适用于一切人，旧社会的皇帝老爷子也包括在里面。他们君临天下，"普天之下，莫非王土"，可以为所欲为，杀人灭族，小事一端，按理说，他们不应该有什么不如意的事。然而，实际上，王位继承，宫廷斗争，比民间残酷万倍。他们威仪俨然地坐在宝座上，如坐针毡。虽然捏造了"龙御上宾"这种神话，他们自己也并不相信。他们想方设法以求得长生不老，他们最怕"一旦魂断，宫车晚出"。连英主如汉武帝、唐太宗之辈也不能"免俗"。汉武帝造承露金盘，妄想饮仙露以长生；唐太宗服印度婆罗门的灵药，期望借此以不死。结果，事与愿违，仍然是"龙御上宾"呜呼哀哉了。

在这些皇帝手下的大臣们，"一人之下，万人之上"，权力极大，骄纵恣肆，贪赃枉法，无所不至。在这一类人中，好东西大概极少，否则包公和海瑞等决不会流芳千古，久垂宇宙了。可这些人到了皇帝跟前，只是一个奴才，常言道：伴君如伴虎，可见他们的日子并不好过。据说明朝的大臣上朝时在笏板上夹带一点鹤顶红，一旦皇恩浩荡，钦赐极刑，连忙用舌尖舔一点鹤顶红，立即涅槃，落得一个全尸。可见这一批人的日子也并不好过，谈不到什么完满的人生。

至于我辈平头老百姓，日子就更难过了。建国前后，不能说没有区别，可是一直到今天，仍然是"不如意事常八九"。早晨在早市上被小贩"宰"了一刀；在公共汽车上被扒手割了包，踩了人一下，或者被人踩了一下，根本不会说"对不起"了，代之以对骂，或者甚至演出全武行。到了商店，难免买到假冒伪劣的商品，又得生一肚子气。谁能说，我们的人生多是完满的呢？

再说到我们这一批手无缚鸡之力的知识分子，在历史上一生中就难得过上几天好日子。只一个"考"字，就能让你谈"考"色变。"考"者，考试也。在旧社会科举时代，"千军万马独木桥"，要上进，只有科举一途，你只需读一读吴敬梓的《儒林外史》，就能淋漓尽致地了解到科举的情况。以周进和范进为代表的那一批举人进士，其窘态难道还不能让你胆战心惊、啼笑皆非吗？

现在我们运气好，得生于新社会中。然而那一个"考"字，宛如如来佛的手掌，你别想逃脱得了。幼儿园升小学，考；小学升初中，考；初中升高中，考；高中升大学，考；大学毕业想当硕士，考；硕士想当博士，考。考，考，考，变成烤，烤，烤；一直到知命之年，厄运仍然难免，现代知识分子落到这一张密而不漏的天网中，无所逃于天地之间，我们的人生还谈什么完满呢？

灾难并不限于知识分子，"人人有一本难念的经"，所以我说"不完满才是人生"。这是一个"平凡的真理"；但是真能了解其中的意义，对己对人都有好处。对己，可以不烦不躁；对人，可以互相谅解。这会大大地有利于整个社会的安定团结。

1998 年 8 月 20 日

　　　　　　我的心是一面镜子

即使是偏见，我也不打算改变

天下有没有傻瓜？有的，但却不是被别人称作"傻瓜"的人，
而是认为别人是傻瓜的人，这样的人自己才是天下最大的傻瓜。

《傻瓜》

对广告的逆反心理

我没有研究过广告学。我只是朦朦胧胧地知道，商品一产生，就会有广告。常言道："老王卖瓜，自卖自夸。"不然，"人家的卖了，自己的剩下"，这是人之常情。

到了今天，在所谓信息爆炸的时代里，广告的作用更是空前高涨。一走出家门，满世界皆广告也。在摩天大楼上，在比较低的房屋上，在路旁特别搭建的牌子上，在旮旮旯旯令人不太注意的地方，在车水马龙中的大小汽车上，在一个人蹬车送货的小平板车上，总之，说不完，道不尽，到处都是广告。广告的制作又是五花八门，五光十彩，让人看了，目不暇接，晕头转向。制作者都是老王，没有老张和老李。你若都信，必将无所适从，堕入一个大糊涂中。

回到家里，打开报纸，不管是日报、晨报、晚报；也不管是大型的一天几十版，还是小型的一天只有几版，内容百分之六七十至八九十都是广告。大的广告可以占一个整版；小的则可怜兮兮地只有几行，挤在密密麻麻的广告丛林中，活像一个瘪三。大的广告固然能起作用，小的也会起的。听说广告费是很高的，不起作用，谁肯花钱？

　　一打开电视，又是广告的一统天下。人们之所以要看电视，主要是想对国家大事和世界大事有所了解。至于商品或其他广告，虽然也能带来信息，但不能以此为主。可是现在的电视，除了"广告时间"以外，随时都能插入广告。有时候，在宣布了消息内容之后即将播报之前，突然切入广告，据说这个出钱最多，可是对我这样的想听消息者，却如咽喉里卡上了一块骨头。

　　广告之多，我举一个小例子。北京市电视台一台，每晚六点至六点半是体育新闻。我先声明一句，这不是唯一的一次，后面还有。但是，仅就这一次而论，在半小时内，前面卡头，是十分钟的广告时间，然后是真正的体育新闻。播了不久，忽然出现了"广告之后，马上回来"的字样，于是又占去几分钟。最后还要去尾，一去又是十分钟，当然都是广告。观众同志们！你们想一想：这叫什么"体育新闻"！

　　最令人难以承受的，还数不上广告多，而是广告重复。一个晚上重复几次，有时候还是必要的。但几分钟内就重复二三次，实在难以忍受。重复的主题，时常变换。眼前的主题是美国的×××牙膏。让几个天真无邪的中国小孩，用铜铃般清脆悦耳的声音，高声赞美×××牙膏，并打出字幕：××公司"美（国）化"你的生活。一次出现，尚能看下去，一二分钟后，立即又出现，实在超出了我的忍耐的限度。我双手捂耳，双眼紧闭，耳不听不烦，眼不见为净。嘴里数着一二三四，希望在二十以内，熬过这一场灾难。

　　为什么这样重复呢？从前听一位心理专家说，重复的频率越高，对记忆越有好处。等到频率达到了一定的高度，记忆就永志不忘了。

说不说由你，听不听由我。我不知道，广告学中有没有逆反心理这样一章。我也不知道，逆反心理是否每一个人都有。反正我自己是有的，而且很强烈。碰到我这样的牛皮筋，重复得越多，也就是说，广告费花得越多，效果反而越低。最后低到我发誓永远不买这种牙膏，不管它有多好。我现在不知道，广告学家，以及兜售商品的专家看了我这个怪论作何感想。

不管做什么样的广告，也不管出现的频率多少，其目的无非是美化自己的商品，唤起消费者的注意，心甘情愿地挖自己的腰包，结果是产品商人赚了钱。至于商品究竟怎样，商人心里有数，而消费者则心中无底，一切尽在不言中了。

广告真能赚钱吗？斩钉截铁地说一句：真能赚钱，甚至赚大钱。空口无凭，举例为证。前几年，山东出了一种名酒，一时誉满京华，大小宾馆，凡宴客者无不备有此酒。自称是深知内情的人说——当然是形象的说法——山东这个酒厂一天开进电视台一辆桑塔纳，开出的却是一辆奥迪。然而曾几何时，这一切都已烟消云散，现在北京知道那一种名酒的人，恐怕不太多了。

我之所以写这一篇短文，决不是想反对广告。到了今天，广告的作用越来越大，当顺其势而用之，决不能逆其势而反之。这里有两点要绝对注意：第一，对商品要尽量说实话，决不假冒伪劣；第二，广告做得不得当，会引起逆反心理。我在别的地方曾讲到要有品牌意识。一个名牌，往往是几代人惨淡经营的结果，来之

我的心是一面镜子

不易，破坏起来却不难。我注意到，在今天包装改革的大潮中，外面的包装一改，里面的商品就可能变样变味。我认为，这是眼前的重大问题，希望商品生产者，特别是名牌的生产者，切莫掉以轻心。

2002 年 8 月 31 日

送礼

　　我们中国究竟是礼义之邦，所以每逢过年过节，或有什么红白喜事，大家就忙着送礼。既然说是"礼"，当然是向对方表示敬意的。譬如说，一个朋友从杭州回来，送给另外一个朋友一只火腿，二斤龙井；知己的还要亲自送了去，免得受礼者还要赏钱，你能说这不是表示亲热么？又如一个朋友要结婚，但没有钱，于是大家凑个份子送了去，谁又能说这是坏事呢？

　　事情当然是好事情，而且想起来极合乎人情，一点也不复杂；然而实际上却复杂艰深到万分，几乎可以独立成一门学问：送礼学。第一，你先要知道送应节的东西，譬如你过年的时候，提了几瓶子汽水，一床凉席去送人，这不是故意开玩笑吗？还有五月节送月饼，八月节送粽子，最少也让人觉得你是外行。第二，你还要是一个好的心理学家，能观察出对方的心情和爱好来。对方倘若喜欢吸烟，你不妨提了几听三炮台恭恭敬敬送了去，一定可以得到青睐。对方要是喜欢杯中物，你还要知道他是维新派或保守派。前者当然要送法国的白兰地，后者本地产的白干或五加皮也就行了。倘若对方的思想"前进"，你最好订一份《文汇报》送了去，一定不会退回的。

但这还不够，买好了应时应节的东西，对方的爱好也揣摩成熟了，又来了怎样送的问题。除了很知己的以外，多半不是自己去送，这与面子有关系；于是就要派听差，而这个听差又必须是个好的外交家，机警、坚忍、善于说话，还要一副厚脸皮；这样才能不辱使命。拿了东西去送礼，论理说该到处受欢迎，但实际上却不然。受礼者多半喜欢节外生枝。东西虽然极合心意，却偏不立刻收下。据说这也与面子有关系。听差把礼物送进去，要沉住气在外面等。一会，对方的听差出来了，把送去的礼物又提出来，说："我们老爷太太谢谢某老爷太太，盛意我们领了，礼物不敢当。"倘若这听差真信了这话，提了东西就回家来，这一定糟，说不定就打破饭碗。但外交家的听差却绝不这样做。他仍然站着不走，请求对方的听差再把礼物提进去。这样往来斗争许久。对方或全收下，或只收下一半，只要与临来时老爷太太的密令不冲突，就可以安然接了赏钱回来了。

上面说的可以说是常态的送礼。可惜（或者也并不可惜）还有变态的。我小的时候，我们街上住着一个穷人，大家都喊他"地方"，有学问的人说，这就等于汉朝的亭长。每逢年节的早上，我们的大门刚一开，就会看到他笑嘻嘻地一手提了一只鸡，一手提了两瓶酒，跨进大门来。鸡咯咯地大吵大嚷，酒瓶上的红签红得眩人眼睛。他嘴里却喊着："给老爷太太送礼来了。"于是我婶母就立刻拿出几毛钱来交给老妈子送出去。这"地方"接了钱，并不像一般送礼的一样，还要努力斗争，却仍旧提了鸡和瓶子笑嘻嘻地走到另一家去喊去了。这景象我一年至少见三次，后来也就不以为奇了。

但有一年的某一个节日的清晨，却见这位"地方"愁容满面地跨进我们的大门，嘴里不喊"给老爷太太送礼来了"，却拉了我们的老妈子交头接耳说了一大篇，后来终于放声大骂起来。老妈子进去告诉了我婶母，仍然是拿了几毛钱送出来。这"地方"道了声谢，出了大门，老远还听到他的骂声。后来老妈子告诉我，他的鸡是自己养了预备下蛋的，每逢过年过节，就暂且委屈它一下，被缚了双足倒提着陪他出来逛大街。玻璃瓶子里装的只是水，外面红签是向铺子里借用的。"地方"送礼，在我们那里谁都知道他的用意。所以从来没有收的。他跑过一天，衣袋塞满了钞票才回来，把瓶子里的水倒出来，把鸡放开。它在一整天"陪绑"之余，还忘不了替他下一个蛋。但今年这"地方"倒运。向第一家送礼，就遇到一家才搬来的外省人。他们竟老实不客气地把礼物收下了。这怎能不让这"地方"愤愤呢？他并不是怕瓶子里的凉水给他泄漏真相，心痛的还是那只鸡。

另外一种送礼法也很新奇，虽然是"古已有之"的。我们常在笔记小说里看到，某一个督抚把金子装到坛子里当酱菜送给京里的某一位王公大人。这是古时候的事，但现在也还没有绝迹。我的一位亲戚在一个县衙门里做事，因了同县太爷是朋友，所以地位很重要。在晚上回屋睡觉的时候，常常在棉被下面发见一堆银元或别的值钱的东西。有时候不知道，把这堆银元抖到地上，哗啦一声，让他吃一惊。这都是送来的"礼"。

这样的"礼"当然不是每个人都有资格接受的。他一定是个什么官，最少也要是官的下属，能让人生，也能让人死，所以才有人送这许多金子银元来。官都讲究面子，虽然要钱，却不能干脆当面给他。于是就想出了这种种的妙法。我上面已经提到送礼是一门学问，送礼给官长更是这门学问里面最深奥的，须要经过长期的研究简练揣摩，再加上实习，方能得到其中的奥秘。能把钱送到官长手中，又不伤官长的面子，能做到这一步，才算是得其门而入了。也有很少的例外，官长开口向下面要一件东西，居然竟得不到。以前某一个小官藏有一颗古印，他的官长很喜欢，想拿走。他跪在地上叩头说："除了我的太太和这块古印以外，我没有一件东西不能与大人共享的。"官长也只好一笑置之了。

普通人家送礼没有这样有声有色，但在平庸中有时候也有杰作。有一次我们家把一盒有特别标志的点心当礼物送出去。隔了一年，一个相熟的胖太太到我们家来拜访，又恭而敬之把这盒点心提给我们，嘴里还告诉我们：这都是小意思，但点心是新买的，可以尝尝。我们当时都忍不住想笑，好歹等这位胖太太走了，我们就动手去打开。盒盖一开，立刻有一股奇怪的臭味从里面透出来。再把纸揭开，点心的形状还是原来的，但上面满是小的飞蛾，一块也不能吃了，只好掷掉。在这一年内，这盒点心不知代表了多少人的盛意，被恭恭敬敬地提着或托着从一家到一家，上面的签和铺子的名字不知换过了多少次，终于又被恭而敬之提回我们家来。"解铃还是系铃人"，我们还要把它丢掉。

我虽然不怎样赞成这样送礼，但我觉得这办法还算不坏。因为只要有一家出了钱买了盒点心就会在亲戚朋友中周转不息，一手收进来，再一手送出去，意思表示了，又不用花钱。不过这样还是麻烦，还不如仿效前清御膳房的办法，用木头刻成鸡鱼肉肘，放在托盘里，送来送去，你仍然不妨说："这鱼肉都是新鲜的。一点小意思，千万请赏脸。"反正都是"彼此彼此，诸位心照不宣"。绝对不会有人来用手敲一敲这木头鱼肉的。这样一来，目的达到了，礼物却不霉坏，岂不是一举两得？在我们这喜欢把最不重要的事情复杂化了的礼义之邦，我这发明一定有许多人欢迎，我预备立刻去注册专利。

1947 年 7 月

漫谈消费

　　蒙组稿者垂青，要我来谈一谈个人消费。这实在不是最佳选择。因为我的个人消费决无任何典型意义。如果每个人都像我这样，商店几乎都要关门大吉。商店越是高级，我越敬而远之。店里那一大堆五光十色、争奇斗艳的商品，有的人见了简直会垂涎三尺，我却是看到就头痛，而且窃作腹诽：在这些无限华丽的包装内包的究竟是什么货色，只有天晓得，我觉得人们似乎越来越蠢，我们所能享受的东西，不过只占广告费和包装费的一丁点儿，我们是让广告和包装牵着鼻子走的，愧为"万物之灵"。

　　谈到消费，必须先谈收入。组稿者让我讲个人的情况，而且越具体越好。我就先讲我个人的具体收入情况。我在 50 年代被评为一级教授，到现在已经四十多年了，尚留在世间者已为数不多，可以被视为珍稀动物，通称为"老一级"。

　　在北京工资区——大概是六区——每月 345 元。再加上中国科学院哲学社会科学部委员，每月津贴一百元。这个数目今天看起来实为微不足道。然而在当时却是一个颇大的数目，十分"不菲"。

我举两个具体的例子：吃一次"老莫"（莫斯科餐厅），大约一元五到两元，汤菜俱全，外加黄油面包，还有啤酒一杯。如果吃烤鸭，不过六七块钱一只。其余依次类推。只需同现在的价格一比，其悬殊立即可见。从工资收入方面来看，这是我一生最辉煌的时期之一。这是以后才知道的，"当时只道是寻常"。到了今天，"老一级"的光荣桂冠仍然戴在头上，沉甸甸的，又轻飘飘的，心里说不出是什么滋味。实际情况却是"昔人已乘黄鹤去，此地空余老桂冠"。我很感谢，不知道是哪一位朋友发明了"工薪阶层"这一个词儿。这真不愧是天才的发明。幸乎？不幸乎？我也归入了这一个"工薪阶层"的行列。听有人说，在某一个城市的某大公司里设有"工薪阶层"专柜，专门对付我们这一号人的。如果真正有的话，这也不愧是一个天才的发明。俗话说："识时务者为俊杰。"他们都是不折不扣的"俊杰"。

我这个"老一级"每月究竟能拿多少钱呢？要了解这一点，必须先讲一讲今天的分配制度。现在的分配制度，同50年代相比，有了极大的不同，当年在大学里工作的人主要靠工资生活，不懂什么"第二职业"，也不允许有"第二职业"。谁要这样想，这样做，那就是典型的资产阶级思想，是同无产阶级思想对着干的，是最犯忌讳的。今天却大改其道。学校里颇有一些人有种种形式的"第二职业"，甚至"第三职业"。原因十分简单：如果只靠自己的工资，那就生活不下去。以我这个"老一级"为例，账面上的工资我是北大教员中最高的。我每月领到的工资，七扣八扣，拿到手的平均约七百至八百。保姆占掉一半，天然气费、电话费等等，约占掉剩下的四分之一。我实际留在手的只有三百元左右，我要用这些钱来付全体在我家吃饭的四个人的饭钱，这些钱连供一个人吃饭都有点捉襟见肘，何况四个人！"老莫"、烤鸭之类，当然可望而不可即。

可是我的生活水平，如果不是提高的话，也决没有降低。难道我点金有术吗？非也。我也有第 X 职业，这就是爬格子。格子我已经爬了六十多年，渐渐地爬出一些名堂来。时不时地就收到稿费，很多时候，我并不知道是哪一篇文章换来的。外文楼收发室的张师傅说："季羡林有三多，报刊（注：应为"纸"）杂志多，有十几种，都是赠送的；来信多，每天总有五六封，来信者男女老幼都有，大都是不认识的人；汇单多。"我决非守财奴，但是一见汇款单，则心花怒放。爬格子的劲头更加昂扬起来。我没有作过统计，不知道每月究竟能收到多少钱。反正，对每月手中仅留三百元钱的我来说，从来没有感到拮据，反而能大把大把地送给别人或者家乡的学校。我个人的生活水平，确有提高。我对吃，从来没有什么要求。早晨一般是面包或者干馒头，一杯清茶，一碟炒花生米，从来不让人陪我凌晨4点起床，给我做早饭。午晚两餐，素菜为多。我对肉类没有好感。这并不是出于什么宗教信仰，我不是佛教徒，其他教徒也不是。我并不宣扬素食主义。我的舌头也没有生什么病，好吃的东西我是能品尝的。不过我认为，如果一个人成天想吃想喝，仿佛人生的意义与价值就在于吃喝二字。我真觉得无聊，"斯下矣"，食足以果腹，不就够了吗？因此，据小保姆告诉，我们平均四个人的伙食费不过五百多元而已。

至于衣着，更不在我考虑之列。在这方面，我是一个"利己主义者"。衣足以蔽体而已，何必追求豪华。一个人穿衣服，是给别人看的。如果一个人穿上十分豪华的衣服，打扮得珠光宝气，天天坐在穿衣镜前，自我欣赏，他（她）不是一个疯子，就是一个傻子。如果只是给别人去看，则观看者的审美能力和审美标准，千差万别，你满足了这一帮人，必然开罪于另一帮人，决不能使人人都高兴，皆大欢喜。反不如我行我素，我就是这一身打扮，你爱看不看，反正我不能让你指挥我，我是个完全自由自主的人。

因此，我的衣服，多半是穿过十年八年或者更长时间的，多半属于博物馆中的货色。俗话说："人靠衣裳马靠鞍。"以衣取人，自古已然，于今犹然。我到大店里去买东西，难免遭受花枝招展的年轻女售货员的白眼。如果有保卫干部在场，他恐怕会对我多加小心，我会成为他的重点监视对象。好在我基本上不进豪华大商店，这种尴尬局面无从感受。

讲到穿衣服，听说要"赶潮"，就是要赶上时代潮流，每季每年都有流行形式或款式，我对这些都是完全的外行。我有我的老主意：以不变应万变。一身蓝色的卡其布中山装，春、夏、秋、冬，永不变化。所以我的开支项下，根本没有衣服这一项。你别说，我们那一套"三十年河东，三十年河西"的"哲学"，有时对衣着形式也起作用。我曾在解放前的1946年在上海买过一件雨衣，至今仍然穿。有的专家说："你这件雨衣的款式真时髦！"我听了以后，大惑不解。经专家指点，原来五十多年流行的款式经过了漫长的沧桑岁月，经过了不知道多少变化，现在又在螺旋式上升的规律的指导下，回到了五十年前款式。我恭听之余，大为兴奋。我守株待兔，终于守到了。人类在衣着方面的一点小聪明，原来竟如此脆弱！

　　我在本文一开头就说，在消费方面我决不是一个典型的代表。看了我自己的叙述，一定会同意我这个说法的。但是，人类社会极其复杂，芸芸众生，有一箪食一瓢饮者；也有食前方丈，一掷千金者。绫罗绸缎、皮尔·卡丹，燕窝鱼翅、生猛海鲜，这样的人当然也会有的。如果全社会都是我这一号的人，则所有的大百货公司都会关张的，那岂不太可怕了吗？所以，我并不提倡大家以我为师，我不敢这样狂妄。不过，话又说了回来，我仍然认为：吃饭穿衣是为了活着，但是活着决不是为了吃饭穿衣。

原载《东方经济》1997 年第 4 期

论包装

　　我先提一个问题：人类是变得越来越精呢，还是越来越蠢？

　　答案好像是明摆着的：越来越精。

　　在几千年有文化的历史上，人类对宇宙，对人世，对生命，对社会，总之对人世间所有的一切，越来越了解得透彻、细致，如犀烛隐，无所不明。例子伸手可得。当年中国人对月亮觉得可爱而又神秘，于是就说有一个美女嫦娥奔入月宫。连苏东坡这个宋朝伟大的诗人，也不禁要问出："明月几时有？把酒问青天。不知天上宫阙，今夕是何年？"可是到了今天，人类已经登上了月球，连月球上的土块也被带到了地球上来。哪里有什么嫦娥？有什么广寒宫？

　　人类倘不越变越精，能做到这一步吗？

　　可是我又提出了问题，说明适得其反。例子也是伸手即得，我先举一个包装。

　　人类在社会上活动，有时候是需要包装的。特别是女士们，在家中穿得朴朴素素；但是一出门，特别是参加什么"派对"（party，借用香港话），则必须打扮得珠光宝气、花枝招展，浑身洒上法国香水，走在大街上，高跟鞋跟敲地作金石声，香气直射十步之外，路人为之"侧目"。这就是包装，而这种包装，我认为是必要的。

可是还有另外一种包装，就是商品的包装。这种包装有时也是必要的，不能一概而论。我从前到香港，买国产的商品，比内地要便宜得多。一问才知道，原因是中国商品有的质量并不次于洋货，只是由于包装不讲究，因而价钱卖不上去。我当时就满怀疑惑，究竟是使用商品呢，还是使用包装？

我因而想到一件事，我们楼上一位老太太到菜市场上去买鸡，说是一定要黄毛的。卖鸡的小贩问老太太："你是吃鸡，还是吃鸡毛？"

到了今天，有一些商品的包装更达到了匪夷所思的地步。外面盒子，或木，或纸，或金属，往往极大。装扮得五彩缤纷，璀璨耀目。摆在货架上时，是庞然大物；提在手中或放在车中，更是运转不灵，左提，右提；横摆，竖摆，都煞费周折。及至拿到或运到家中，打开时也是煞费周折。在庞然大物中，左找，右找，找不到商品究在何处。很希望发现一张纸条上面写着：此处距商品尚有十公里！庶不致使我失去寻找的信心。据我粗略的统计，有的商品在大包装中仅占空间十分之一、二十分之一，甚至五十分之一。我想到那个鸡和鸡毛的故事，我不禁要问：我们使用的是商品，还是包装？而负担那些庞大的包装费用的，羊毛出在羊身上，还是我们这些顾客，而华美绝伦的包装，商品取出后，不过是一堆垃圾。

如果我回答我在开头时提出的问题：人类越变越蠢。你怎样反驳？！

1997 年 8 月 18 日

傻瓜

天下有没有傻瓜？有的，但却不是被别人称作"傻瓜"的人，而是认为别人是傻瓜的人，这样的人自己才是天下最大的傻瓜。

我先把我的结论提到前面明确地摆出来，然后再条分缕析地加以论证。这有点违反胡适之先生的"科学方法"。他认为，这样做是西方古希腊亚里士多德首倡的演绎法，是不科学的。科学的做法是他和他老师杜威的归纳法，先不立公理或者结论，而是根据事实，用"小心的求证"的办法，去搜求证据，然后才提出结论。

我在这里实际上并没有违反"归纳法"。我是经过了几十年的观察与体会，阅尽了芸芸众生的种种相，去粗取精，去伪存真以后，才提出了这样的结论。为了凸现它的重要性，所以提到前面来说。

闲言少叙，书归正传。有一些人往往以为自己最聪明，他们争名于朝，争利于市，锱铢必较，斤两必争。如果用正面手段，表面上的手段达不到目的的话，则也会用些负面的手段，暗藏的手段，来蒙骗别人，以达到损人利己的目的。结果怎样呢？结果是：有的人真能暂时得逞，"春风得意马蹄疾，一日看遍长安花"。大大地辉

　　　　　我的心是一面镜子

煌了一阵,然后被人识破,由座上客一变而为阶下囚。有的人当时就能丢人现眼。《红楼梦》中有两句话说:"机关算尽太聪明,反误了卿卿性命。"这话真说得又生动,又真实。我决不是说,世界上人人都是这样子,但是,从中国到外国,从古代到现代,这样的例子还算少吗?

原因何在?原因就在于:这些人都把别人当成了傻瓜。

我们中国有几句尽人皆知的俗话:"善有善报,恶有恶报;不是不报,时候未到;时候一到,一切皆报。"这真是见道之言。把别人当傻瓜的人,归根结底,会自食其果。古代的统治者对这个道理似懂非懂。他们高叫:"民可使由之,不可使知之。"是想把老百姓当傻瓜,但又很不放心,于是派人到民间去采风,采来了不少政治讽刺歌谣。杨震是聪明人,对向他行贿者讲出了"四知"。他知道得很清楚,除了天知、地知、你知、我知之外,不久就会有一个第五知:人知。他是不把别人当作傻瓜的,还是老百姓最聪明。他们中的聪明人说:"若要人不知,除非己莫为。"他们不把别人当傻瓜。

可惜把别人当傻瓜的现象,自古亦然,于今犹烈。救之之道只有一条:不自作聪明,不把别人当傻瓜,从而自己也就不是傻瓜。哪一个时代,哪一个社会,只要能做到这一步,全社会就都是聪明人,没有傻瓜,全社会也就会安定团结。

1997 年 3 月 11 日

趋炎附势

写了《世态炎凉》，必须写《趋炎附势》。前者可以原谅，后者必须切责。

什么叫"炎"？什么叫"势"？用不着咬文嚼字，指的不过是有权有势之人。什么叫"趋"？什么叫"附"？也用不着咬文嚼字，指的不过是巴结、投靠、依附。这样干的人，古人称之为"小人"。

趋附有术，其术多端，而归纳之，则不出三途：吹牛、拍马、做走狗。借用太史公的三个字而赋予以新义，曰牛、马、走。

现在先不谈第一和第三，只谈中间的拍马。拍马亦有术，其术亦多端。就其大者或最普通者而论之，不外察言观色，胁肩谄笑，攻其弱点，投其所好。但是这样做，并不容易，这里需要聪明，需要机警，运用之妙，存乎一心。这是一门大学问。

记得在某一部笔记上读到过一个故事。某书生在阳间善于拍马。死后见到阎王爷，他知道阴间同阳间不同，阎王爷威严猛烈，动不动就让死鬼上刀山，入油锅。他连忙跪在阎王爷座前，坦白承认自己在阳间的所作所为，说到动情处，声泪俱下。他恭颂阎王爷执法严明，不给人拍马的机会。这时阎王爷忽然放了一个响屁。他跪行向前，高声论道："伏惟大王洪宣宝屁，声若洪钟，气比兰麝。"于是阎王爷"龙"颜大悦，既不罚他上刀山，也没罚他入油锅，生前的罪孽，一笔勾销，让他转生去也。

笑话归笑话，事实还是事实，人世间这种情况还少吗？古今皆然，中外同归。中国古典小说中，有很多很多的靠拍马屁趋炎附势的艺术形象。《今古奇观》里面有，《红楼梦》里面有，《儒林外史》里面有，最集中的是《官场现形记》和《二十年目睹之怪现状》。

在尘世间，一个人的荣华富贵，有的甚至如昙花一现。一旦失意，则如树倒猢狲散，那些得意时对你趋附的人，很多会远远离开你，这也罢了。个别人会"反戈一击"，想置你于死地，对新得意的人趋炎附势。这种人当然是极少极少的，然而他们是人类社会的蛀虫，我们必须高度警惕。

我国的传统美德，对这类蛀虫，是深恶痛绝的。孟子说："胁肩谄笑，病于夏畦。"我在上面列举的小说中，之所以写这类蛀虫，绝不是提倡鼓励，而是加以鞭笞，给我们竖立一面反面教员的镜子。我们都知道，反面教员有时候是能起作用的，有了反面，才能更好地、更鲜明地凸出正面。这大大有利于发扬我国优秀的道德传统。

1997 年 3 月 27 日

论正义

我先说一件小事情：

我到德国以后，不久就定居在一个小城里，住在一座临街的三层楼上。街上平常很寂静，几乎一点声音都没有，只有一排树寂寞地站在那里。但有一天的下午，下面街上却有了骚动。我从窗子里往下一看，原来是两个孩子在打架。一个大约有十四五岁，另外一个顶多也不过八九岁，两个孩子平立着，小孩子的头只达到大孩子的胸部。无论谁也一看就知道，这两个孩子真是势力悬殊，不是对手。果然刚一交手，小孩子已经被打倒在地上，大孩子就骑在他身上，前面是一团散乱的金发，背后是两只舞动着的穿了短裤的腿，大孩子的身躯仿佛一座山似的镇在中间。清脆的手掌打到脸上的声音就拂过繁茂的树枝飘上楼来。

几分钟后，大孩子似乎打得疲倦了，就站了起来，小孩子也随着站起来。大孩子忽然放声大笑，这当然是胜利的笑声。但小孩子也不甘示弱，他也大笑起来，笑声超过了大孩子。

这似乎又伤了大孩子的自尊心，跳上去，一把抓住小孩子的金发，把他按在地上，自己又骑他身上。前面仍然又是一团散乱的金发，背后是两只舞动的腿。清脆的手掌打到脸上的声音又拂过繁茂的树枝飘上楼来。

这时观众愈来愈多，大半都是大人，有的把自行车放在路边也来观战，战场四周围满了人。但却没有一个人来劝解。等大孩子第二次站起来再放声大笑的时候，小孩子虽然还勉强奉陪，但眼睛里却已经充满了泪。他仿佛是一只遇到狼的小羊，用哀求的目光看周围的人，但看到的却是一张张含有轻蔑讥讽的脸。他知道从他们那里绝对得不到援助了。抬头猛然看到一辆自行车上有打气的铁管，他跑过去，把铁管抢在手里，预备回来再战。但在这时候却有见义勇为的人们出来干涉了。他们从他手里把铁管夺走，把他申斥了一顿，说他没有勇气，大孩子手里没有武器，他也不许用。结果他又被大孩子按在地上。

我开头就注意到住在对面的一位胖太太在用水擦窗子上的玻璃。大战剧烈的时候，我就把她忘记了。其间她做了些什么事情，我毫没看到。等小孩子第三次被按到地上，我正在注视着抓在大孩子手里的小孩子的散乱的金发和在大孩子背后舞动着的双腿，蓦地有一条白光从对面窗子里流出来，我连吃惊都没来得及，再一看，两个孩子身上已经满了水，观众也有的沾了光。大孩子立刻就起来，抖掉身上的水，小孩子也跟着爬起来，用手不停地摸头，想把水挤出来。大孩子笑了两声，小孩子也放声狂笑。观众也都大笑着，走散了。

我开头就说到这是一件小事情，但我十几年来多少大事情都忘记了，却偏不能忘记这小事情，而且有时候还从这小事情想了开去，想到许多国家大事。日本占领东北的时候，我正在北平的一个大学里做学生。当时政府对日本一点办法都没有，尽管学生怎样请愿，怎样卧轨绝食，政府却只能搪塞。无论嘴上说的多强硬，事实上却把一切希望都放在国际联盟上，梦想欧美强国能挺身出来主持"正义"。我当时虽然对政府的举措一点都不满意；但我也很天真地相信世界上有"正义"这一种东西，而且是可以由人来主持的。我其实并没有思索，究竟什么是"正义"，我只是直觉地觉得这东西很是具体，一点也不抽象神秘。这东西既然有，有人来主持也自然是应当的。中国是弱国，日本是强国，以强国欺侮弱国，我们虽然丢了几省的地方，但有谁会说"正义"不是在我们这边呢？当然会有人替我们出来说话了。

但我很失望，我们的政府也同样失望。我当然很愤慨，觉得欧美列强太不够朋友，明知道"正义"是在我们这边，却只顾打算自己的利害，不来帮忙。我想我们的政府当道诸公也大概有同样的想法，而且一直到现在，事情已经过去十几年了，他们还似乎没有改变想法，他们对所谓"正义"还没有失掉信心。虽然屡次希望别人出来主持"正义"而碰了钉子，他们还仍然在那里做梦，梦到在虚无飘渺的神山那里有那么一件东西叫做"正义"。最近大连问题就是个好例子。

对政府这种坚忍不拔的精神和毅力，我非常佩服。但我更佩服的是政府诸公的固执。我自己现在却似乎比以前聪明点了，我现在已经确切知道了，世界上，除了在中国人的心里以外，并没有"正义"这一种东西，我仿佛学佛的人蓦地悟到最高的智慧，心里的快乐没有法子形容。让我得到这样一个奇迹似的"顿悟"的，就是上面说的那一件小事情。

　　那一件小事情虽然发生在德国，但从那里抽绎出来的教训却对欧美各国都适用。说明白点就是，欧美各国所崇拜的都是强者，他们只对强者有同情，物质方面的强同精神方面的强都一样，而且他们也不管这"强"是怎样造成的。譬如上面说到的那两个孩子，大孩子明明比小孩子大很多岁，身体也高得多，力量当然也强。相形之下，小孩子当然是弱小者，而且对这弱小他自己一点都不能负责任；但德国人却不管这许多。只要大孩子能把小孩子打倒，在他们眼里，大孩子就成了英雄。他们能容许一个大孩子打一个小孩子；但却不容许小孩子利用武器，这是不是因为他们认为倘用武器就不算好汉？或者认为这样就不 fairplay？这一点我还不十分清楚。

　　我不是哲学家，但我却想这样谈一个有点近于哲学的问题，我想把上面说的话引申一下，来谈一谈欧洲文明的特点。据我看欧洲文明一个最显著的特点就是力的崇拜，身体的力和智慧的力都在内。这当然不自今日始，在很早的时候，他们已经有了这个倾向，所以他们要征服自然，要到各处去探险，要做别人不敢做的事情。在中世纪的时候，一个法官判决一个罪犯，倘若罪犯不服，他不必像现在这样麻烦，要请律师上诉，他只要求同法官决斗，倘若他胜了，一切判决就都失掉了效用。现在罪犯虽然不允许同法官决斗了；但决斗的风气仍然流行在民间。一提到决斗，他们千余年来制定的很完整的法律就再没有说话的权利，代替法律的是手枪利剑。另外还可以从一件小事情上看出这种倾向。在德国骂人，倘若应用我们的"国骂"，即便是从妈开始一直骂到三十六代的祖宗，他们也只摇摇头，一点不了解。倘若骂他们是猪、是狗，他们也许会红脸。但倘若骂他们是懦夫（Feigling），他们立刻就会跳起来同你拼命。可见他们认为没有勇气，没有力量是最可耻的事情。反过来说，无论谁，只要有勇气，有力量，他们就崇拜，根本不问这勇气这力量用得是不是合理。谁有力量，"正义"就在谁那里。力量就等于"正义"。

我以前每次读俄国历史，总有那一个问题：为什么那几个比较软弱而温和的皇帝都给人民杀掉，而那几个刚猛暴戾而残酷的皇帝，虽然当时人民怕他们，或者甚至恨他们，然而时代一过就成了人民崇拜的对象？最好的例子就是伊凡四世。他当时残暴无道，拿杀人当儿戏，是一个在心理和生理方面都不正常的人。所以人民给他送了一个外号叫做"可怕的伊凡"。可见当时人民对他的感情并不怎样好。但时间一久，这坏感情全变了，民间产生了许多歌来歌咏甚至赞美这"可怕的伊凡"。在这些歌里，他已经不是"可怕的"，而是为人民所爱戴的人物了。这情形并不限于俄国，在别的地方也可以遇到。譬如希特勒，在他生前固然为人民所爱戴拥护，当他把整个的德国带向毁灭，自己也毁灭了以后，成千万的人没有房子住，没有东西吃；几百年以来宏伟的建筑都烧成了断瓦颓垣；一切文化精华都荡然无存；论理德国人应该怎样恨他，但事实却正相反，我简直没有遇到多少真正恨他的人，这不是有点不可解么？但倘若我们从上面说到的观点来看，就会觉得这一点都不奇怪了，可怕的伊凡、更可怕的希特勒都是强者，都有力量，力量就等于"正义"。

回来再看我们中国，就立刻可以看出来，我们对"正义"的看法同欧洲人不大相同。我虽然在任何书里还没有找到关于"正义"

的定义：但一般人却对"正义"都有一个不成文法的共同看法，只要有正义感的人绝不许一个十四五岁的大孩子打一个八九岁的小孩子。在小说里我们常看到一个豪杰或剑客走遍天下，专打抱不平，替弱者帮忙。虽然一般人未必都能做到这一步；但却没有人不崇拜这样的英雄。中国人因为世故太深，所以弄到"各扫门前雪，不管他人瓦上霜"，有时候不敢公然出来替一个弱者说话；但他们心里却仍然给弱者表同情。这就是他们的正义感。

这正义感当然是好的；但可惜时代变了，我们被拖到现代的以白人为中心的世界舞台上去，又适逢我们自己泄气，处处受人欺侮。我们自己承认是弱者，希望强者能主持"正义"来帮我们的忙。却没有注意，我们心里的"正义"同别人的"正义"完全不是一回事，我们自己虽然觉得"正义"就在我们这里；但在别人眼里，我们却只是可怜的丑角，低能儿。欧美人之所以不帮助我们，并不像我们普通想到的，这是他们的国策。事实上他们看了我们这种猥猥琐琐不争气的样子，从心里感到厌恶。一个敢打欧美人耳光的中国人在欧美心目中的地位比一个只会向他们谄笑鞠躬的高等华人高得多。只有这种人他们才从心里佩服。可惜我们中国人很少有勇气打一个外国人的耳光，只会谄笑鞠躬，虽然心被填满了"正义"，也一点用都没有，仍然是左碰一个钉子，右碰一个钉子，一直碰到现在，还有人在那里做梦，梦到在虚无飘渺的神山那里有那么一件东西叫做"正义"。

我希望我们赶快从这梦里走出来。

1948 年 4 月 16 日北京大学

漫谈撒谎

一

世界上所有的堂堂正正的宗教，以及古往今来的贤人哲士，无不教导人们：要说实话，不要撒谎。笼统来说，这是无可非议的。

最近读日本稻盛和夫、梅原猛著，卞立强译的《回归哲学》第四章，梅原和稻盛两人关于不撒谎的议论。梅原说："不撒谎是最起码的道德。自己说过的事要实行，如果错了就说错了——我希望现在的领导人能做到这样最普通的事。苏格拉底可以说是最早的哲学家，在苏格拉底之前有些人自称是诡辩家、智者。所谓诡辩家，就是能把白的说成黑的，站在 A 方或反 A 方同样都可以辩论。这样的诡辩家教授辩论术，曾经博得人们欢迎。原因是政治需要颠倒黑白的辩论术。"

在这里，我想先对梅原的话加上一点注解。他所说的"现在的领导人"，指的是像日本这样国家的政客。他所说的"政治需要颠倒黑白的辩论术"，指的是古代希腊的政治。

梅原在下面又说："苏格拉底通过对话揭露了掌握这种辩论术的诡辩家的无智。因而他宣称自己不是诡辩家，不是智者，而是'爱智者'。这是最初的哲学。我认为哲学家应当回归其原点，恢复语言的权威。也就是说，道德的原点是'不撒谎'。……不撒谎是道德的基本和核心。"

梅原把"不撒谎"提高到"道德原点"的高度，可见他对这个问题是多么重视。我们且看一看他的对话者稻盛是怎样对待这个问题的。稻盛首先表示同意梅原的意见。可是，随后他就撒谎问题作了一些具体的分析。他讲到自己的经历，他说，有一个他敬仰的颇有点浪漫气息的人对他说："稻盛，不能说假话，但也不必说真话。"他听了这话，简直高兴得要跳起来。接着他就写了下面一段话："我从小父母也是严格教导我不准撒谎。我当上了经营的负责人之后，心里还是这么想：说谎可不行啊！可是，在经营上有关企业的机密和人事等问题，有时会出现很难说真话的情况。我想我大概是为这些难题苦恼时而跟他商量的。他的这种回答在最低限度上贯彻了'不撒谎'的态度，但又不把真实情况和盘托出，这样就可以求得局面的打开。"

上面我引用了两位日本朋友的话，一位是著名的文学家，一位是著名的企业家。他们俩都在各自的行当内经过了多年的考验与磨炼，都富于人生经验。他们的话对我们会有启发的。我个人觉得，稻盛引用的他那位朋友的话："不能说假话，但也不必说真话！"最值得我们深思。我的意思就是，对撒谎这类的社会现象，我们要进行细致的分析。

二

我们中国的父母，同日本稻盛的父母一样，也总是教导子女：不要撒谎。可怜天下父母心，总希望自己的子女能作一个堂堂正正的人，一个诚实可靠的人。如果子女撒谎成性，就觉得自己脸面无光。

不但父母这样教导，我们从小受教育也接受这种要诚实、不撒谎的教育。我记得小学教科书上讲了一个故事，内容是：一个牧童在村外牧羊，有一天忽然想出了一个坏点子，大声狂呼："狼来了！"村里的人听到呼声，都争先恐后地拿上棍棒，带上斧刀，跑往村外，到了牧童所在的地方，那牧童却哈哈大笑，看到别人慌里慌张，觉得很开心，又很得意。谁料过了不久，果真有狼来了，牧童再狂呼时，村里的人却毫无动静，他们上当受骗一次，不想再重蹈覆辙。牧童的结果怎样，就用不着再说了。

所有这一些教导都是好的，但是也有一个共同的缺点，就是缺乏分析。

上面我说到，稻盛对撒谎问题是进行过一些分析的。同样，几百年前的法国大散文家蒙田（1533—1592），对撒谎问题也是作过分析的。在《蒙田随笔》上卷第九章《论撒谎者》，蒙田写道："有人说，感到自己记性不好的人，休想成为撒谎者，这样说不无道理。我知道，语法学家对说假话和撒谎是作区别的。他们说，说假话是指说不真实的，但却信以为真的事，而撒谎一词源于拉丁语（我们的法语就源于拉丁语）。这个词的定义包含违背良知的意思，因此只涉及那些言与心违的人。"

大家一琢磨就能够发现，同样是分析，但日本朋友和蒙田的着眼点和出发点，都是不同的。其间区别是相当明显的，用不着再来啰唆。

记得鲁迅先生有一篇文章，讲的是一个阔人生子庆祝，宾客盈门，竞相献媚。有人说：此子将来必大富大贵。主人喜上眉梢。又有人说：此子将来必长命百岁。主人乐在心头。忽然有一个人说：此子将来必死。主人怒不可遏。但是，究竟谁说的是实话呢？

写到这里，我自己想对撒谎问题来进行点分析。我觉得，德国人很聪明，他们有一个词儿 notluege，意思是"出于礼貌而不得不撒的谎"。一般说来，不撒谎应该算是一种美德，我们应该提倡。但是不能顽固不化。假如你被敌人抓了去，完全说实话是不道德的，而撒谎则是道德的。打仗也一样。我们古人说"兵不厌诈"，你能说这是不道德吗？我想，举了这两个小例子，大家就可以举一反三了。

1996 年 12 月 7 日

坏人

积将近九十年的经验，我深知世界上确实是有坏人的。乍看上去，这个看法的智商只能达到小学一年级的水平。这就等于说"每个人都必须吃饭"那样既真实又平庸。

可是事实上我顿悟到这个真理，是经过了长时间的观察与思考的。

我从来就不是性善说的信徒，毋宁说我是倾向性恶说的。古书上说"天命之谓性"，"性"就是我们现常说的"本能"，而一切生物的本能是力求生存和发展，这难免引起生物之间的矛盾，性善又何从谈起呢？

那么，什么又叫做"坏人"呢？记得鲁迅曾说过，干损人利己的事还可以理解，损人又不利己的事千万干不得。我现在利用鲁迅的话来给坏人作一个界定：干损人利己的事是坏人，而干损人又不利己的事，则是坏人之尤者。

空口无凭，不妨略举两例。一个人搬到新房子里，照例大事装修，而装修的方式又极野蛮，结果把水管凿破，水往外流。住在楼下的人当然首蒙其害，水滴不止，连半壁墙都浸透了。然而此人却不闻不问，本单位派人来修，又拒绝入门。倘若墙壁倒塌，楼下的人当然会受害，他自己焉能安全！这是典型的损人又不利己的例子。又有一位"学者"，对某一种语言连字母都不认识，却偏冒充专家，不但在国内蒙混过关，在国外也招摇撞骗。有识之士皆嗤之以鼻。这又是一个典型的损人而不利己的例子。

根据我的观察，坏人，同一切有毒的动植物一样，是并不知道自己是坏人的，是毒物的。鲁迅翻译的《小约翰》里讲到一个有毒的蘑菇听人说它有毒，它说，这是人话。毒蘑菇和一切苍蝇、蚊子、臭虫等等，都不认为自己有毒。说它们有毒，它们大概也会认为这是人话。可是被群众公推为坏人的人，他们难道能说：说他们是坏人的都是人话吗？如果这是"人话"的话，那么他们自己又是什么呢？

根据我的观察，我还发现，坏人是不会改好的。这有点像形而上学了。但是，我却没有办法。天下哪里会有不变的事物呢？哪里会有不变的人呢？我观察的几个"坏人"偏偏不变。几十年前是这样，今天还是这样。我想给他们辩护都找不出词儿来。有时候，我简直怀疑，天地间是否有一种叫做"坏人基因"的东西？可惜没有一个生物学家或生理学家提出过这种理论。我自己既非生物学家，又非生理学家，只能凭空臆断。我但愿有一个坏人改变一下，改恶从善，堵住了我的嘴。

1999 年 7 月 24 日

论自费留学

昨天（11 月 10 日）在天津《大公报》上读到汪敬熙先生的星期论文《自费留学万万不可开放》，心里有说不出的高兴。自己好多年来想说的话，汪先生一下子都给说出来了，他仿佛替我在心头扫去一片积闷，蓦地觉得异常轻松起来。倘若金圣叹看了这文章最少也要浮上一百大白。

但是有一点汪先生说得还不到家。也许汪先生有心存点忠厚，没有尽情地说。汪先生只说："纨绔子弟之中不是没有好的，不是没有肯勤学的，不是没有学有成绩的。但是他们的大多数在外国是荒嬉游戏，挥霍无度的。他们自己是以为这样方显出家中富有。然而在外国人眼里，他们所做所为都是可以耻笑的。近些年来他们真是为国家招来耻辱！"无论谁只要亲身在外国见到过这些纨绔子弟的，都会知道汪先生这些话是怎样有含蓄而厚道了。

我自己在欧洲的一个大国里住过十年、一个大国里住过半年，也见到不少的事情。初到那个大国的首都的时候，天天在街上、饭馆里遇到的就是这些纨绔子弟，每个人都是把眼睛安置在头顶上，上下打磨得耀眼明亮，成群结队，招摇过市。没有人知道他们究竟念哪一门学科，因为他们很少与学校发生关系。但他们的生活也并非不紧张。每天一起来就到中国饭馆去。吃完早点，找几个同志下一盘棋，闲谈一下，就到了正午。午饭当然就地解决。吃完又结队出去逛马路看电影。晚饭再回中国饭馆，吃完又出去看戏坐咖啡馆或到其他他们所想去的地方。每人都少不了三"机"：照相机、无线电收音机和野鸡。外国文很少有几个通的，但也用不着。因为他们所接触的外国人大概只有两种：一种是不三不四的女人，同他们在一起嘴还有更重要的用处，不是用来说话的。再一种是警察。这些英雄们贩卖黑钱或犯了其他别的罪，倘若逢巧父亲是大使，自然可以大模大样地掏出红护照来吓外国警察。其余的就不免捉将官里去。在这种情况下，他们也用不着说话，反正只要能听懂判多少年月徒刑就可以坦然走进监狱里去。等到出来的时候，又可以到处尤其是在中国饭馆里高谈雄辩，叙述他们在狱里的丰功伟绩。据说在里面每人必须做手工，编点什么。他们只学上几天，就可以教同狱的外国难友。这些外国人当然钦佩得五体投地。这样他们就很替中国争了些面子。旁人听了对这些为国争光的英雄也不免肃然起敬了。

　　这样说也许有人以为太笼统了。我现在举两个例子。一个是一位院长的公子。我到了的时候，他已经在那里很久了。至于在那个大都会里做了些什么，我不大清楚。但以后我们竟然得到一个机会同学过半年。我们差不多天天在一起吃午饭；但一直到他离开学校，我始终不知道他学哪一科。从他的谈话里我知道他听过耶稣教的神学，听过体育原理，听过微积分，听过流体力学，听过生理学，听过法律，对这些他似乎都没有什么兴趣。他念念难忘的只是医学院的产科讲演。他常常向我用很生动的姿态表演他在讲堂上听到的女人生产时的情形，同时复述教授的一句话："男人无论如何英雄，无论能征服多少国家，也没有女人生产时那种身体上和精神上的力量。"于是他也就对女人的伟大赞不绝口起来。但他也有他的伟大，在街上只要看到漂亮女人，便跟上去，百折不挠。挨了耳光，仍然是面不改色，不由得也让我赞叹起来。

第二个是一个上海大商人的儿子。据说从小就学那一国的语言。我到了的时候，他已经在那里住了八年。有一次替一位中国老太太写一封请求信，拿到财政局，外国人说看不懂。这位老太太拿给我看，我才知道他替我们当时住的那一国造了一种新文字。后来他又从另外一个国度寄给她一个中文（记住是中文）明信片，老太太年纪大了，有些字认不清楚，又拿给我看。我又发现他替我们中国造了几个新字，创了一个新文法。他虽然学的是航空工程，但小代数和平面几何都弄不清楚。外国同学都奇怪，他就告诉他们，中国的逻辑和外国不同，数学也另成一个系统。这位先生在那里住了十几年，一天忽动归兴，临走告诉我，他回国要"组织"飞机。我用十二分的虔诚祝他成功，虽然我到现在也不明白什么是"组织"飞机。

上面两个例子，一个代表荒唐，一个代表低能。作风虽不同，但总可以说是异曲同工，各擅胜场。类似这样的英雄我最少也还能举几十位来。我虽然不久就离开那大都会，无缘继续欣赏他们的伟业。但在下风逖听之余留在脑海里的故事也足够写一本四百万言的留西外史。无论谁都可以想象到这些人们在外国替我们国家招多少耻辱。在外国浪费金钱还是小事。

这些人物最好都留在国内，当接收大员也可以，当什么什么专员也可以，无论什么都可以，只是不要出国，因为外国人没见过中国，只要看到一个中国人的举动，他们就会想到全中国的人都这样。难道我们就甘心让这些人到外国去代表四万万人宣扬中华民族的伟大么？

我们都应该起来拥护汪先生的主张！我也同汪先生一样希望舆论界给我们鼓励！

1946 年 11 月 11 日

辞"国学大师"

　　现在在某些比较正式的文件中，在我头顶上也出现"国学大师"这一灿烂辉煌的光环。这并非无中生有，其中有一段历史渊源。

　　约摸十几二十年前，中国的改革开放大见成效，经济飞速发展。文化建设方面也相应地活跃起来。有一次在还没有改建的大讲堂里开了一个什么会，专门向同学们谈国学，中华文化的一部分毕竟是保留在所谓"国学"中的。当时在主席台上共坐着五位教授，每个人都讲上一通。我是被排在第一位的，说了些什么话，现在已忘得干干净净。《人民日报》的一位资深记者是北大校友，"于无声处听惊雷"，在报上写了一篇长文《国学，在燕园又悄然兴起》。从此以后，其中四位教授，包括我在内，就被称为"国学大师"。他们三位的国学基础都比我强得多。他们对这一顶桂冠的想法如何，我不清楚。我自己被戴上了这一顶桂冠，却是浑身起鸡皮疙瘩。这情况引起了一位学者（或者别的什么"者"）的"义愤"，触动了他的特异功能，在杂志上著文说，提倡国学是对抗马克思主义。这话真是石破天惊，匪夷所思，让我目瞪口呆。一直到现在，我仍然没有想通。

　　说到国学基础，我从小学起就读经书、古文、诗词。对一些重要的经典著作有所涉猎。但是我对哪一部古典，哪一个作家都没有下过死工夫，因为我从来没想成为一个国学家。后来专治其他的学术，浸淫其中，乐不可支。除了尚能背诵几百首诗词和几十篇古文外，除了尚能在最大的宏观上谈一些与国学有关的自谓是大而有当的问题比如天人合一外，自己的国学知识并没有增加。环顾左右，朋友中国学基础胜于自己者，大有人在。在这样的情况下，我竟独占"国学大师"的尊号，岂不折煞老身（借用京剧女角词）！我连"国学小师"都不够，遑论"大师"！

　　为此，我在这里昭告天下：请从我头顶上把"国学大师"的桂冠摘下来。

论怪论

"怪论"这个名词,人所共知。其所以称之为怪者,一般人都不这样说,而你偏偏这样说,遂成异议可怪之论了。

我却要提倡怪论。

但我也并不永远提倡怪论。

历史的经验告诉我们,一个国家、一个民族,需要不需要怪论,是完全由当时历史环境所决定的。如果强敌压境,外寇入侵,这时只能全民一个声音说话,说的必是驱逐外寇,还我山河之类的话,任何别的声音都是不允许的。尤其是汉奸的声音更不能允许。

国家到了承平时期,政通人和,国泰民安,这时候倒是需要一些怪论。如果仍然禁止人们发出怪论,则所谓一个声音者往往是统治者制造出来的,是虚假的。二战期间德国和意大利的法西斯,是最好的证明。

从世界历史上来看,中国的春秋战国时代,怪论最多。有的甚至针锋相对,比如孟子讲性善,荀子讲性恶,是同一个大学派中的内部矛盾。就是这些异彩纷呈的怪论各自沿着自己的路数一代一代地发展下去，成为中华民族文化的渊源和基础。

与此时差不多的是西方的希腊古代文明。在这里也是怪论纷呈，发展下来，成为西方文明的渊源和基础。当时东西文明两大瑰宝，东西相对，交相辉映，共同照亮了人类文明发展的前途。这个现象怎样解释，多少年来，东西学者异说层出，各有独到的见解。我于此道只是略知一二。在这里就不谈了。

怪论有什么用处呢？

某一个怪论至少能够给你提供一个看问题的视角。任何问题都会是极其复杂的，必须从各个视角对它加以研究，加以分析，然后才能求得解决的办法。如果事前不加以足够的调查研究而突然做出决定，其后果实在令人担忧。我们眼前就有这种例子，我在这里不提它了。

现在，我们国家国势日隆，满怀信心向世界大国迈进。在好多年以前，我曾预言，21 世纪将是中国的世纪。当时我们的国力并不强。我是根据近几百年来欧美依次显示自己的政治经济力量、科技发展的力量和文化教育的力量而得出的结论。现在轮到我们中国来显示力量了。我预言，50 年后，必有更多的事实证实我的看法，谓予不信，请拭目以待。

我希望，社会上能多出些怪论。

2003 年 6 月 25 日